転生しました、脳筋聖女です1

香月航
Wataru Kaduki

レジーナ文庫

登場人物紹介
Characters Introduction
幼い頃のアンジェラ＆ジュード
ジュード
乙女ゲームの攻略対象の一人で、
アンジェラの幼馴染。
先祖代々彼女の家に仕えており、
アンジェラを心配＆溺愛している。
アンジェラ
アクション系乙女ゲームの世界に
転生した、元廃人プレイヤー。
物理攻撃の苦手な聖女タイプだが、
重い武器をふり回して戦うことを夢見ている。

ダレン
攻略対象の一人で、近衛騎士。
軽そうに見えるが王子付きのエリートで、
諜報系の任務が得意。
????
謎の騎士。益荒男《ますらお》と呼びたくなる
精悍な顔立ちと、2メートルを
ゆうに超える巨躯を持つ。
果たしてその正体は——？
エルドレッド
攻略対象の一人で、
ウィッシュボーン王国の王子。
魔物の調査・討伐部隊を作るため、
アンジェラたちを招集した。
ウィリアム
攻略対象の一人で、魔術師。
強大な魔力を持つが、
根暗でコミュ障な性格。
目を前髪で隠している。
ノア
攻略対象の一人で、
『月の賢者』と呼ばれるエルフ。
魔力と智力、誰もが見惚れる
美貌を併せ持つ。

目次

転生しました、脳筋聖女です 1

STAGE1　脳筋が転生したようです

　その日、ウィッシュボーン王国ハイクラウズ伯爵領を治める、ローズヴェルト家の屋敷内は、静寂と深い悲しみに包まれていた。

　領主の大事な大事な宝物である一人娘が、生死の境《さかい》を彷徨《さまよ》うほどの高熱に倒れてしまったのだ。家族と使用人たちが見守る中、腕が良いと評判の医師も、原因不明の症状にただただ首を横にふることしかできない。

　――恐らくは、今夜が山でしょう。老いて乾いた唇が、悔しそうに告げた。

「ああ、どうして……どうして私たちのアンジェラが……っ!!」

　若く美しい容貌を歪《ゆが》ませながら、伯爵夫人が膝《ひざ》から崩れ落ちる。もはや涸《か》れたと思っていた涙も、大きな粒となって絨毯《じゅうたん》に染みを残していく。

　国教の敬虔《けいけん》な信徒としても知られる伯爵は、幼い娘が倒れてからずっと、寝食も忘れてひたすらに祈りを捧《ささ》げ続けていた。

どうか、どうか、娘をお助け下さい。そのためならば、私たちはなんでもいたします、と。

――さて、家族がそんな悲しみに包まれている中、当の一人娘アンジェラがどうしていたかと言えば……夢の中で本来ありえないはずの『記憶』との対面を果たしていた。

人によっては『黒歴史』と呼び、数多《あまた》の物語で『お約束』として出てくるそれは、すなわち。

（……嘘でしょ？　ここ、乙女ゲームの世界じゃない）

――そう、前世の記憶との邂逅《かいこう》、である。


男もすなる異世界転生といふものを女もしてみむとてするなり。

今世の名はアンジェラ・ローズヴェルト。御年《おんとし》五歳。どうやら、アクション系乙女ゲームの世界に転生して、かつての私……日本人だった時の記憶を取り戻してしまったようですよ。

（いやあ、本当にあるのね。『乙女ゲーム転生』って）

そのテの話は小説やマンガなどでも人気があったし、かつての私も読んでいたような気がしなくもない。しかし、それがまさか自分の身に起ころうとは、夢にも思わなかったわ。

異世界に転生するような人間は、大抵前世でイレギュラーな死に方をしているものだ。今の私は覚えていないけど、きっとその死への対価がこの『アンジェラ』としての人生なのだろう。そう思えばなんとなく得した気がするし、これからの人生に光明が見えそうな気もするわ。

（……しかし。よりにもよって、このゲームの世界に転生しちゃうとはね）

体の感覚は曖昧《あいまい》だけど、周囲を流れていくゲームの情報にはひどく懐かしさを覚える。ついでに言うなら、溢《あふ》れんばかりの愛《いと》しさも。

前世の私が愛したこの作品、実は『乙女ゲーム』と呼ぶには少々異色のものだった。というのも、アクションゲームの大御所として名高いとあるメーカーが、半《なか》ばお試しのように世に出したものなのだ。

恋愛要素はかなり薄めで、シナリオの評価もいまいち。逆に、主人公を操作して戦うアクション部分は非常に高評価という、ややカテゴリーエラーな作品だった。かつての私も、そのアクション部分に〝のみ〟惚れ込んでいたプレイヤーだったんだけどね。

操作できる主人公は二人いて、『前衛系の女騎士』と『後衛系の聖女』のどちらかを選べる。攻略対象であり、共に戦う男性キャラクターは全部で八人。

その中から三人を選んで四人でパーティーを組み、各ダンジョンを攻略していく三人称視点のアクションである。

（それにしても、前世の私はあの作品をずいぶんとやり込んでいたようね）

私が選んだ主人公は女騎士のほうで、レベルはもちろん最高値。装備は全て最高レアリティ品でがっちりと固め、女だてらに大剣を担《かつ》いで戦っていた。もし彼女が実在したなら、女騎士ではなくメスゴリラかメスオークと呼んだほうが相応《ふさわ》しいようなガチの戦闘屋だ。

そんな彼女とパーティーを組む攻略対象は魔法使いなどの後衛職のみ。肉壁《たて》とアタッカーの両方をこなす主人公に守られていた男たちは、きっと恋愛とかどうでもよくなったんじゃなかろうか。むしろ、あれだけ装備をそろえれば彼女一人で世界も救えただろう。

（そりゃあ恋愛シナリオも薄くなるわよ。だって主人公はゴリラだもの）

いくら二次元のイケメンとて、ゴリラに甘い言葉を囁《ささや》けるようなメンタルは持ち合わせていないだろう。あったらあったで、趣味を疑いたいところだけど。

ともあれ、周囲を流れる情報を見るだけでも『廃人』と呼べるほどの凄《すさ》まじいやり込み具合だ。かつての私がこの作品を愛していたのは、痛いほどに伝わった。

それだけ愛と情熱を傾けていた世界に転生できたとなれば、どんなチート転生者にだって自慢できる最高の幸運だろう。

（ふっふっふ……今世の私は勝ち組確定ね！）

日常生活の記憶は全くないくせに、このゲームに関する情報だけは頭にインプットされ続けている。ギミックを知り尽くした戦場など、もはや恐れる必要はない。

神は私に、英雄になれと言っているのだ――!!

――と、盛大な勝ち組宣言をしようとして…………神の犯したミスに、気が付いてしまった。

それはもう、たいっっっへん致命的なミスに。

私の今の名前は『アンジェラ・ローズヴェルト』である。

けれど、記憶の中のメスゴリラ……もとい、かつて使い込んだ前衛主人公の名前は――

「……ディアナ？」

そう、月の女神を由来とする彼女の公式名はディアナ。

では、アンジェラとは誰だ？　天使の意味を持つ、この名前を与えられていたのは？

「…………アンジェラって……まさか、後衛主人公のこと!?」

あの作品で操作できる主人公は二人いた。

私が極めたガチムチ脳筋メスゴリラのディアナと、攻撃が苦手な回復特化の聖女――

かつての私が一度たりとも使ったことのない、アンジェラという主人公が。

やがて高熱から奇跡的な生還を遂《と》げ、周囲からの祝福の声が飛び交う中、私が『私』になって初めて発した言葉は、

「……転生人生詰んだ」

であった。

＊＊＊

「……参ったなあ。せっかくの転生人生なのに、まるっきり理想と逆だわ」

窓から差し込む日差しが心地よい、うららかな午後の一時《ひととき》。暖色系の調度品でまとめられた、幼女に与えるにしてはあまりにも広い自室にて、私は深くため息をつく。

——前世の記憶との邂逅《かいこう》から、早《はや》数日が経った。

あの日、プレイヤーだった記憶を取り戻した私は『かつての私』と完全な同化を果たしたらしく、考え方もすっかり変わってしまっていた。

それまでの大人しい伯爵令嬢から一転、脳みそまで筋肉でできているような短絡的思

考の持ち主……略して『脳筋』になってしまったのだ。座右《ざゆう》の銘《めい》は、困ったらとりあえず殴れ、である。

しかし、今世の私の容姿は、典型的な儚《はかな》げ美少女だ。透けるような真っ白な肌に、さらさらな亜麻色《あまいろ》の長い髪。サファイアのような青く澄んだ瞳には、長いまつ毛が影を落としている。

こんな壊れ物のように美しいお嬢様に、荒事《あらごと》は似つかわしくない。

(外見がきれいなのは別に嫌じゃないのよ。五歳でこれだけキラキラ美少女なんだから、将来は絶世の美女確定だろうし)

だが残念ながら、外見の美しさは戦闘には必要ない。かつて操っていた主人公・ディアナがそうしていたように、私も巨大な剣をふるって戦場を駆け巡るつもりだったのだから。

「恋愛要素？　そんなものは知らんよ」と苦笑を浮かべて去りゆくような、ガチムチゴリラになりたかった。……いや、なれるだけの根性は今も持っているのだ。

――問題は、それを実行する肉体のほう。

「……なんて華奢《きゃしゃ》な体かしら。これぞ正《まさ》しく『パーティーの一番後ろの回復要員』って感じよね」

私の体は、それはもう華奢《きゃしゃ》で細い。四肢は小枝のようにヒョロヒョロで、もちろんかすり傷一つついていない。こんな細腕では、大剣を担《かつ》ぐなんて夢のまた夢。短剣どころか食卓でナイフを握るだけでも危なっかしいぐらいだ。

（私もディアナのように男たちを押しのけて、最前線で戦いたかったのに！　色々と特典をくれるのはありがたいけど、そうじゃないのよ神様！）

贅沢《ぜいたく》すぎる悩みとはわかっていても、どうしても文句が言いたくなってしまう。

実は私、このきれいな外見の他にも〝神からの祝福〟を沢山受けているのだ。

これは前世の記憶を取り戻す前に調べてもらったことなのだけど、この小さな体には膨大な魔力が備わっているらしい。普通の人間ではまずありえない……それこそ、チートとしか言いようがない量の魔力が。

記憶を取り戻した今ならわかる。これが俗に言う『転生者特典』なのだろう。

生家は伯爵位を賜《たまわ》る貴族で、先祖代々国教の敬虔《けいけん》な信徒でもある。そこに生まれたトンデモ魔力持ち、かつ容姿も美しい私を、『神の愛し子《いとしご》』なんて呼ぶ人がいたぐらいだ。

今回、瀕死《ひんし》の状態から生還したことが広まれば、評判はますます良くなるかもしれない。つまり、この歳でもう将来の栄光が約束されているのだけど……そういうのを望んでいたわけじゃないのよね！

「だいたい、記憶を思い出すきっかけが高熱っていうのもよくないわ。ショック療法みたいなものなのだろうけど、本当に死にかけるとかさ……」

私が今の私として目覚めたあの日、体のほうは生死の境《さかい》を彷徨《さまよ》うほどの状態だったと聞いて、目玉が飛び出るぐらいに驚いた。神様ってば、ちょっとやりすぎじゃない？

前世の私は、どんな死に方をしたんだっけ――いや、考えるのはやめよう。覚えていないということは、忘れたかった可能性が高いもの。

とにかく、あの高熱のせいで両親や使用人はずいぶんと心配性になってしまい、私がどこへ行くにも必ずお供がついてくる。元々体は強くなかったし、貴族の娘なら当然といえば当然だけど、それにしたって過保護すぎるのよね。

「…………今日もいるわよねえ」

ちら、と視線を背後へ向ければ、すぐ見える位置に誰かが必ず控えている。私が少しふり返るだけで『ご用ですか、お嬢様！』と即座に目を光らせる使用人が、酷《ひど》い時には五人ぐらい控えていたりするのだから、勘弁してほしいわ。

「自室で大人しくしていてもこれじゃ、体を鍛えるなんて無理よねえ……」

こっそり外出なんてまずできないし、部屋の中で筋トレをしても、当然止められるだろう。恵まれた環境だとわかっていても、ついため息がこぼれてしまう。

……かつての私は、あのゲームを愛していた。そして今の私も、あの脳筋プレイを再現したいと強く思っている。

前世の記憶から得た情報を試したい。そして、戦場を駆け抜けたい。欲求は尽きないけど、現実は無情だ。

「こうなったらいっそ、魔法職を極めるべきか……でも私、攻撃魔法は使えないのよね」

超攻撃型だったディアナに対して、アンジェラは回復などに特化した完全なサポートキャラだった。それは今の私も同様で、この国の赤ん坊が皆受ける教会の魔力適性検査でも『神聖魔法』に向いていると診断された。

神聖魔法とは、神様から特別に力を借りて行《おこな》う奇跡の魔法であり、癒《いや》しの効果がある。反面、今の私に攻撃スキルは全くない。この辺りも悲しいかな、ゲーム通りのようだ。

「……サポートだって大事な仕事というのは、わかっているつもりよ」

一口にサポートと言っても種類は豊富だ。味方の強化や敵の弱体化はもちろん、索敵《さくてき》したり宝箱の封印を解いたりするものも全てサポートになる。

攻撃専門だったかつての私も、その技術には大変お世話になったからね。

それに、アンジェラには『回復魔法』という極めて重要な役割がある。回復用のアイテムはこの世界にも売っているだろうけど、あんなものを大量に使っても平気だったのは、あくまでゲームキャラであり『データ上の存在』だったからだ。

ちゃんと内臓が入った生身の人間に、アイテムがぶ飲みなんて無茶を強《し》いることはできない。下手をしたら、体を壊して死んでしまうわよ。

よってサポートキャラは、とても大事な役割を持つ。わかってはいるけど――それでも、何ごとにも性格との相性があると思うのだ。

「私じゃ、うまくできる気がしないのよね、サポート役」

考えることは苦手だし、敵を見たらすぐ戦いたくなる。そんな脳筋女に、パーティーの生命線でもあるサポート役を任せてもらってよいものか。……いや、ダメだろう。私が他のメンバーだったら嫌だ。

「……神様は、どうして私をこの立場に転生させたのかしら」

答えが返ってこないとわかっていても、どうしても聞きたくなってしまう。

もし間違えたというのなら、神よ、今からでも遅くはない。女騎士のほうにチェンジしてくれれば、私は喜んでメスゴリラになろう！

あるいは前世の記憶を忘れたままなら、アンジェラは清く正しい『聖女様』にちゃんと育ったかもしれないのに。何故こんな脳筋な記憶を思い出させてしまったのか。

――答えは、神のみぞ知る。

「……でもアンジェラの役割を捨ててしまったら、多分私はメンバーに選ばれなくなるわ。ゲームで聖女アンジェラに求められていたのは、戦闘技術じゃなくてサポートだもの」

ゲームで主人公二人と攻略対象八人が所属していたのは、このウィッシュボーン王国の第三王子が各地から有能な人物を集めた、魔物の調査・討伐部隊だった。

アンジェラも優《すぐ》れた神聖魔法の使い手だったからこそ、そこに加わることができたのだ。その適性を捨ててしまえば、きっとサポート役には別の人間が選ばれ、私はただの伯爵令嬢として一生を終えるだろう。いずれ誰かと結婚して子を産んで……ただただ平穏な人生を送ることになる。

「それじゃあ、なんのためにこの世界に転生したって言うのよ⁉」

その生き方を否定はしないけど、記憶を取り戻した私は、もうただの伯爵令嬢じゃない。

戦場の地形や敵のステータスなど、必ず役に立つ情報が私の中にはたっぷりとつまっている。これを何にも使うことなく死んだら、転生した意味がないじゃない。

かつての興奮を、今世では生身で感じられるのに！　この世界の全てを見られるのに‼

「────あ」

その瞬間。それは天啓のように、ふっと私の頭の中に浮かんだ。

詰んだと思っていた人生の要素が、別の要素と結びつき——私の求める主人公像を導き出す。

……そう、確か有名なのは、とあるオンラインゲームのプレイヤーたちだ。

人は彼らのような存在を『殴り聖職者』と呼んでいた。

＊＊＊

「お父様、お母様。私に魔法を学ばせて下さい」

翌朝、多忙な両親が珍しくそろった朝食の席で、私ははっきりとそう口にした。

歳の割にはワガママを言わない娘の『おねだり』に、彼らは一瞬喜んだものの、すぐに困ったような表情へと変わる。

何せ、まだ五歳の子どもだ。淑女《しゅくじょ》としての教養を学ぶならまだしも、『魔法』などという貴族にはあまり関係のない分野に手を出すには早すぎる——声にはしなかったけれど、両親の表情は雄弁に物語っていた。

しかし、私にとっては一日でも早く習得しなければならないものなのだ。美しい顔を困惑の色に染めた彼らに、私はなるべく堅苦しく聞こえるよう、とっておきの言葉を告げた。

「主《しゅ》より、天啓を賜《たまわ》ったのです。来《きた》るべき時に、私の力が必要になると」

次の瞬間、ガタンと大きな音を立てて両親は立ち上がった。

困惑していたのが嘘のように、満面の笑みを浮かべる二人の目には、歓喜の涙がにじんでいる。

主《しゅ》とはすなわち神様のことで、一神教を国教とするこの国では唯一無二の存在である。そして、敬虔《けいけん》な信徒である私の両親は、その存在にめっぽう弱い。

……いや、別に嘘を言って騙《だま》しているわけじゃないのよ？　本当に私、神様から多大な加護をもらったわけだし。後々この力で大活躍する予定だし。

「お父様、お母様。どうか、お許しいただけませんか？」

「もちろんだよ、私たちの可愛い娘！　お前は本当に、我がローズヴェルト家の誇《ほこ》りだ！すぐに専門の書物と教師を手配しよう！」

一応遠慮がちに言ってみれば、結果は予想通りの好感触。父は食事もそこそこに、リビングから駆け出していってしまった。

……ちょっと先走りすぎている気もするけど、仮にも伯爵を名乗る人だもの。これは期待ができそうだわ。

（これで魔法を学ぶ環境はなんとかなりそうね。後は私の努力次第よ）

父を追うように慌《あわただ》しく動き始めた使用人たちを目で追いながら、脳筋な聖女としての第一歩を踏み出せたことに、私はこっそりと笑った。


さて、ここで一つ弁明しておきたいのだけど、脳筋とは『頭が悪い人』のことではない。『頭を使うのが面倒な人』のことである。ただし、頭突きのような物理的な使い方は別ね。

何か難しい問題が起こった時に、話についていけないのが頭が悪い人であり、「めんどくせえ！　とりあえず殴ろう！」という短絡的な答えを出すのが脳筋だ。

……何が言いたいのかって？　私は脳筋だけど、本や勉強が嫌いではないってことよ。

このアンジェラ、齢《よわい》五つにしてすでに文字の読み書きができるのよね！　……まあ、貴族の令嬢なら当たり前の教養なのかもしれないけど、それなりに優秀ではあるのよ。

食事を終えた私は、父の執事によって屋敷の蔵書室へと連れてこられていた。

部屋の中央にはやたら立派な樫《かし》の長机と、座面にビロードを張った高そうな椅子が鎮座している。そして机上《きじょう》には、ひとまずこの屋敷にある分だけの魔法書が積まれていた。どれもこれも、辞書のような分厚《ぶあつ》い本だ。

……うちの両親、本気出しすぎよ。もともとこれだけの蔵書があったのなら、わざわざ頼む必要はなかったかもしれない。

「と、とにかく、目当てのものは手に入ったわ。これで魔法が習得できるわね。えーと、強化魔法のページはどこかしら……」

一冊でも私の細腕で抱えるにはかなり厳しい重さだけど、内容は実に興味深い。ええ、こんな難しい文章も読めるわよ！　記憶を取り戻す前のアンジェラなら童話集が関《せき》の山だったけど、前世の私は攻略本も設定資料集もノベライズも読破《どくは》していたからね。

……さて、魔法を学ぶと決めたのは、決してサポート役の運命を受け入れたからではない。いかにもな聖女様ではなく、私らしい『アンジェラ』になるための答え。それが、サポート魔法を学ぶことにあると、先人の知恵によって気付けたのだ。

殴り聖職者。これは、とある有名なオンラインゲームのプレイヤーの呼称である。

回復やサポートを専門とする後衛職を選びつつも、ソロプレイ……つまり守ってくれる仲間なしでダンジョン制覇をしていた猛者《もさ》たちだ。

普通に考えればありえない。後衛職はパーティーの一番後ろで守られながら、仲間を生かすのが仕事なのだから。しかし彼らは〝ぼっちプレイ〟の底力を見せてくれた。

「本来、仲間にかけるはずの強化魔法を自分にかけて戦うなんて、よく考えたわよねえ」

別にそこまでしなくても、仲間を集めればよかっただろうに。彼らが孤高のプレイにどんな価値を見出《みいだ》していたのかは、今の私にはわからない。

けど、その先人の知恵こそが、今の私にとって最良の選択であることは確かだ。

幸いにも、私の魔力は溢《あふ》れんばかりに豊富。筋力強化の魔法を究《きわ》めれば、この細腕で重たい武器をふり回すこともきっと夢じゃない！

最前線に立って戦いながら、味方の回復もできる聖女様だなんて、素晴らしいじゃない！

「ふふふっ、チート上等よ！　この私が、全ての敵を薙《な》ぎ払ってみせる‼」

ともすれば悪役めいた高笑いでもしてしまいそうな高揚感。魔法の勉強を許可された時点で、もうこの人生は勝ったも同然だわ‼

待ってなさいダンジョン！　待ってなさいボスモンスター‼　最高の敗北をくれてやろうじゃないの‼

こぼれそうな笑いを無理矢理押し込めつつ、分厚《ぶあつ》い書物を舐めるようにじっくりと読んでいく。さすがに五歳児の頭には難しい言い回しが多いけど、理解できないわけではない。一文一文を頭に刻むように、神経を集中していく。

――――ゆえに、気付くのが遅れてしまった。

「……アンジェラは、なんだか雰囲気が変わったね」

「――ッッ!?」

おっとりというか、のんびりというか。そんな表現が似合いそうな優しい声で呼ばれて、魔法書にのめり込んでいた私はビクッと肩を震わせた。

ちょうど私の背後、少しだけ開いた扉の隙間から、一対の瞳が遠慮がちにこちらを見つめている。真っ黒なその目は、私の家族のものではない。

「あ、ごめん。驚かせちゃったかな」

目が合ったことに気付いたその人物が、ゆっくりと室内へ入ってくる。

仕立ての良い白のシャツとサスペンダー付きのハーフパンツという、いかにも良家のお坊ちゃんなスタイルで現れたのは、私とそう歳の変わらなそうな少年だった。

「――あ」

その姿に、私ははっと息を呑む。……同時に、失敗したと思った。

記憶を取り戻す前のアンジェラなら、ここはにこやかに笑って彼を迎えるところだったから。

「……ジュード」

恐る恐る名前を口にした私に、少年は困ったように微笑んでくれる。

……ああ、やっぱり私は考えが少し足りないらしい。強くなることばかり考えていて、

ここが一応『乙女ゲームの世界』だってことをすっかり忘れていたわ。

――ジュード・オルグレン。彼は〝攻略対象〟だ。

ダブル主人公モノの恋愛ゲームといえば、わかる人にはわかるだろう。男性向け女性向け問わず、これには必ず『特別なキャラクター』がいる。

それは、〝片方の主人公でしか攻略できないキャラクター〟だ。

どちらの主人公も使ってもらえるようにと開発者が仕込むもので、隠しキャラだったり真相解明ルートのキャラだったりと、その存在は大抵が重要だ。

この世界の元となっているゲームにも、もちろんそうしたキャラはいた。なので、攻略対象は八人いるけど、一方の主人公で攻略できるのは七人になる。ディアナの専用キャラをアンジェラで攻略することはできないし、逆もしかりだからね。

ただ、パーティーメンバーとしては選択できるので、絶対に攻略できないキャラと一緒に戦う人もいるだろう。主人公の浮気防止に入れるのもアリだ。

ディアナとアンジェラの専用キャラには共通点があり、それはお互いの『幼馴染《おさななじみ》』だということ。ジュード少年も私の幼馴染《おさななじみ》で、彼こそがゲームにおけるアンジェラ専用の攻略対象だった。

（すっかり忘れてたわ。彼とパーティーを組んだこともほとんどなかったしね）

乙女ゲームではお目当てのキャラの『好感度』を上げることで、そのキャラと親密になっていくわけだけど、専用キャラは好感度が上がりやすく、パーティーも組みやすいように作られていた。

よって、後衛のアンジェラと組むジュードはバリバリの前衛剣士。けれどディアナしか使っていなかった私は、役割がかぶるキャラとはあまり組まなかったため、彼の情報は本当に乏《とぼ》しい。

（オール前衛パーティーなんて、力ずくで戦う強行ダンジョンでしかやらないものね）

そもそも乙女ゲームに強行突破するようなダンジョンがある時点でおかしいけど、まあ今更だ。

とにかく、目の前の彼は重要人物なのだけど、記憶が戻る前のおぼろげな思い出と、取り扱い説明書に載っていた簡単な紹介文しか私は知らない。これは非常に困った事態だ。

そもそも、私が今の私になった時点で、恋愛を楽しむ予定はなかったのだ。敵やダンジョンの情報は覚えているのに、彼らとのイベントなんて全く記憶にないもの。

（ああでも、このすごくわかりやすい容姿は攻略対象ならではね）

さすがは恋する乙女のお相手。彼は十に満たないであろう年齢で、すでに世の男性にケンカを売れるレベルで整った容貌をしている。顔立ちはややキツいものの、涼やかな目元にスッと筋の通った鼻。各パーツの配置も実に絶妙で、動いていなければ美術品として楽しめるほどだ。

しかし、ジュードについて特筆するべきなのは、美しい顔よりもその色合いだろう。色素の薄い白色人種がほとんどのこの国において、彼の肌は浅黒い。短い髪も目と同様に墨《すみ》で塗ったような黒色をしている。真っ白な私と並べば、その黒さはますます際立《きわだ》つはずだ。

（えっと……確か彼は、この国の人間ではなかったわよね）

オルグレン一族は別の国の剣士の血筋で、この国に来て困っていたところをうちの先祖が助けたらしい。詳しくは知らないけど、恩義を感じた彼らはそれからずっとこの伯爵家に仕えてくれている。私を蔵書室へ案内してくれた執事が、ジュードの父親だ。

（ゲームではジュードも同じ部隊に入っていたし、きっと付き合いは長くなるわよね。前世の記憶を思い出してから、転生後の記憶がどうも曖昧《あいまい》なのだけど、「なんにも覚えてないの、ごめんね☆」じゃあ、あまりにも印象が悪いわ）

彼との間に恋が芽生える予定はないけど、今後も付き合っていくのなら人間関係は良いに越したことはない。さて、どう対応するべきか。

私がつらつらと考えごとをしている間、ジュードは文句を言うこともなく私を見つめていた。どこか寂しげな苦笑を浮かべて。そういえば『私の雰囲気が変わった』とか言っていたような。

「………ジュードは、今の私が嫌い？」

特に話したいことも思いつかなかったので質問してみると、彼は外見よりもずいぶん大人びた仕草で、ゆるく首を横にふった。

「ぼくがアンジェラをいやだと思うわけがない」

「じゃあ、どうして寂しそうな顔をしているのかしら？」

私は逆に可愛らしさと幼さを意識しながら、小さく首をかしげてみる。するとジュードは私の顔と机に積み上げられた本を交互に見て……ゆっくりと目を閉じた。

「神さまは、どうしてアンジェラにばかりいじわるをするのかと思うと、かなしかっただけだよ」

「…………は？」

うっかりお嬢様の仮面が剥《は》がれかかった私に、小さな攻略対象は唇だけの笑みを浮かべる。

……どういうこと？　私はむしろ、神様から加護をもらっているのに、いじわるをされていると思われていたの？　そう見える要素が一体どこにあるの？

（まさか、腕立ても腹筋もまともにできない筋力のなさのこと!?　それとも、階段の上り下りだけで息が上がる体力のなさのこと!?　貴族令嬢なら普通だと思っていたんだけど、これは神様からのいじめだったの!?）

筋肉の「き」の字もない細い体も、日焼けを知らない真っ白な肌も、まさかいじめだったのか!?

衝撃の事実にうろたえる私を見て、ジュードは少し驚いているようだ。

「えっと、ごめん。そんなにおどろかせるつもりはなかったんだけど」

「驚くに決まっているじゃない。神様は私を守って下さっているのよ？　その方が、いじわるだなんて……ねえ、私ってどこか変？　いじめられているように見える？　体が弱いから？　細いから？　それとも……」

「そ、そういうことじゃないよ。アンジェラはたしかに細いけど、女の子だからしかたないし。そういうことじゃなくてさ……」

慰《なぐさ》めるように私の頭を撫《な》でながら、ジュードは机の上の魔法書を見つめている。まるで、それがよくないものだと責めるような、冷たい眼差しで。

「……魔法に興味があるのなら貸すけど、少し待ってくれる？　私もまだ読めていないないから」

「いや、いらないよ。ぼくはマホウもマジュツもつかえないって言われているし」

大事な教材を変な目で見られたせいか、思わず低い声で答えてしまった私に、ジュードはまた困ったように笑っている。

興味がないのなら、何故見つめていたのかしら。この分厚《ぶあつ》い本は私のこれからの人生を決める、大事なアイテムなのよ？　うまく使えば、鈍器にもなりそうだし。

ちょっと拗《す》ねたような表情を作って、彼をじっと見つめる。ほとんど身長差がないので、顔はすぐ近くだ。……その顔が『形だけの笑みを貼り付けたもの』だということもよくわかる。歳の割には、かなり大人びた少年みたいね。

——そんなこんなで、ジュードと見つめ合うこと十数秒。

彼は観念したかのように、くしゃっと表情を崩した。それこそ拗《す》ねたような、不満を表す顔になる。

「……神さまはいじわるだよ。ずっとがんばってきたアンジェラに、またこんなにたくさんのべんきょうをさせるなんて。ほかの子たちは、みんなまだべんきょうなんかしないであそんでいるのに」

「………そうだったかしら？」

私の予想とはずいぶん違う答えが返ってきて、ちょっと驚いてしまった。つまりジュードは、私が勉強していることを『神様のいじわる』だと思っていたのだ。

（そりゃあ平民と比べれば、私は厳しい英才教育を受けているわ。これでも伯爵家の一人娘だもの。そんなの当然じゃない）

この国の識字率がいかほどかは知らないけど、少なくとも私は読み書きと一般教養、公的な場での立ち居ふるまいを習得済みだ。だが、こんなものは貴族の子なら誰でも習っているだろう。

社交界デビューはまだ遠いとはいえ、お茶会なんかに連れ出されることもあるんだし。当然の教養をいじわるだなんて言われても困る。

「私なんて大したことはしていないわ。これぐらい、誰でもやっていることでしょう？」

「たいしたことあるよ!!　父さんにきいたけど、今のハクシャクさまがよみかきできるようになったのは、七さいのときだって。アンジェラはあたまがいいし、がんばりやさんですごいって、やしきのみんながほめていたよ！」

「そ、そうなの？　ありがとう」

どうやら私は早熟な子だったらしい。前世の記憶のおかげかと思っていたら、記憶を取り戻す前から優秀だったのね。ちょっと恥ずかしいけど、褒《ほ》められればもちろん嬉しいわ。

「……君はすごいんだよ、アンジェラ」

ジュードは褐色《かっしょく》の肌を上気させながら、子どもらしい必死な様子で私に詰め寄ってくる。ただでさえ近かった距離が、もう額《ひたい》がくっつくぐらいだ。……さすがに近すぎだよ、少年。イケメンだからってセクハラを許すほど、私は優しくないわよ。

「ジュード、ちょっと近すぎない？」

「アンジェラ……さみしいよ。せっかくアンジェラの習いごとがへったのに、こんどはマホウのべんきょうだなんて。やっとアンジェラとあそべると思ったのに。やっぱり神さまはいじわるだよ」

こらジュード少年、言葉に気をつけろ。神様を侮辱《ぶじょく》すると、うちの両親が怒るわよ。

……それは、ともかくとして。ジュードはどうも私と遊びたくて拗《す》ねていたらしい。男女では遊び方も違うと思うんだけど、彼はおままごとに付き合ってくれるタイプの男の子なのかしら。

（彼は六、七歳ぐらいよね。いくら使用人の子とはいえ、外で友達ぐらいは作ってもよ

さそうなものだけど。女の私と遊びたいなんて、何か理由があるのかしら）

記憶を探っても、彼の情報はゲームのものしか思い出せない。彼のほうから近付いてきてくれたのだから、交流はしておいたほうが良いと思うけど。でも、魔法書を読む時間は削りたくないのよね。

「……えっと、あのねジュード。これは決して神様から命じられたことではないの。私が自分の意思でやろうと決めたことなのよ」

「……わかってるよ。アンジェラはいつだってそうだ。みんなのために、がんばってる」

「そんなことはないわよ。私はきっと、自分勝手でわがままな娘だわ」

悲しげに俯《うつむ》いたジュードに、ゆるく首を横にふってみせる。一歩間違えたら頭突きをしそうだから離れてほしいのだけど、相変わらず彼はぴったりと寄り添ったままだ。

仕方がないのでその手をとって、なるべく優しげな笑顔を作ってみる。

「私は弱いわ。この間の高熱もそうだけど、とてももろい体をしているの。神様はそんな私に、道しるべを示して下さっただけなのよ。こんな私でも世界や皆のお役に立てるようにってね」

正しくは、道を示してくれたのは廃人プレイヤーの皆さんたちなんだけどね。いかにも聖女っぽい理由を告げると、ジュードの眉間《みけん》に皺《しわ》が刻まれていく。

「私、弱いのは嫌よ。皆に迷惑をかけるのも嫌。強くなりたい。大切な人を守れる私になりたい。……お願い、わかってジュード。この勉強は、私にとってとても大切なものなの」

「だけど……やっぱりさみしい。ねえアンジェラ、ぼくとあそぶのはいやなの？」

なんとか説得を試《こころ》みたものの、彼の目にじわじわと涙がにじんできてしまった。……これじゃあ、私が幼馴染《おさななじみ》をいじめているみたいじゃないか。

色恋は別として、私は彼が嫌いなわけじゃない。魔法の勉強をしている間は邪魔をしないでほしいだけで、それ以外はむしろ仲良くしておきたいのに。

（…………ああ、そっか。私たち、まだ子どもだったわね）

考えてみたら、私たちはまだ齢一桁《よわいひとけた》なのだ。説得なんて通じなくて当たり前ね。だって相手は子どもだもの。わかってもらいたいなら、やり方を変えないと。

「それならジュード、勉強が一区切りついたら私と遊んでくれる？　勉強も大事だけど、私は丈夫な体も欲しいの。だから、かけっこや鬼ごっこがしたいわ」

「かけっこ？　ぼくはもちろんいいけど、アンジェラは走ってだいじょうぶなの？　くるしくなったりしない？」

「最初は苦しいかもしれないわ。足も遅いと思う。だから練習をしたいの。ダメかしら？」

説得ではなく提案した私に、ジュードは顔をパッと輝かせて嬉しそうに頷《うなず》いた。だから頭突きしちゃうから！　距離をとって少年！

しかし、我ながら名案だと思う。一人では準備運動すらままならない私だけど、いずれは腕利きの剣士になるはずの彼が一緒なら、いいトレーニングになるだろう。

虚弱体質のままでは、いくら強化魔法を覚えたとしても、まず外へ出してもらえないからね。せめて階段ぐらいは楽に上り下りできる基礎体力が欲しい。

「ありがとう、ジュード。いじわるを言ってごめんね」

「ぼくも、ごめんなさい。アンジェラががんばるのなら、ちゃんとおうえんしてるよ」

作り笑いではなく心からの笑顔を返せば、ジュードの頬がポッと赤く染まった。ずっとくっついて話していたのに、今更照れくさくなったのかしら。

小さい子は可愛いなあと思っていたら、ジュードは私の額《ひたい》に触れるだけのキスをしてから、逃げるように扉のほうへ駆けていく。

「べんきょうがおわったらよんでね！　ぼく、まってるから！」

「え、ええ。なるべく早く終わらせるわね」

予想外のチューに驚く私を残し、彼は元気に走り去っていった。……乙女ゲームの攻略対象って、幼少期からイケメン力がすごいのね。

「まあ、ジョギングの予定が組めたんだからよしとしよう。それにゲーム通りに進めば、いずれ一緒に戦うのだし、交流はしておかないと。さて、強化魔法の続き、と……」

こほんと咳払《せきばら》いで気持ちを切り替えてから、私はお預けを食らっていた魔法書に向き直る。体を強化するだけではなく、体力を増やせる魔法もどこかに載っていたらいいんだけど。

細かい文字を目で追いながら、理想のアンジェラ像を頭に浮かべる。

戦って回復もできる前衛聖女。その輝かしい未来へ向けて、まずは最初の一歩を踏み出した。

＊　＊　＊

「……なんなの、これ」

あれからしばらく魔法書とにらめっこをしていたら、魔法の基礎はだいたい覚えられた。さすがに五歳児には難しい内容だったけど、充分すぎるほどの収穫があったと思う。

キリがよいところまで進んだので、息抜きも兼ねて蔵書室の本棚を眺めていたのだけど……そこで、ちょっと困ったものを見つけてしまった。

それは薄い紙の束。端がギザギザにやぶれているので、恐らくどこかの本から抜き取ったものと思われる。そこに刷られた大きなサイズの文字に、私は見覚えがあった。

「……これ、子ども向けの童話集の一部だわ。なんでこんなところに？」

記憶を取り戻す前の私も読んでいたはずなのに、欠けたページがあったとは気付かなかった。興味本位でその束の内容に目を通して――私は知らなかった自分を心から後悔した。

それは一つの童話で、タイトルは『黒い悪魔のおはなし』。人をたぶらかす悪魔を英雄が退治する勧善懲悪《かんぜんちょうあく》モノなんだけど、その悪魔の描写がよろしくない。

〝茶色い肌に黒い髪と黒い目の、それはそれは美しい悪魔〟

言うまでもなく、その容姿はつい先ほど会った私の幼馴染《おさななじみ》にぴったりと合致してしまう。その上、この話は国教である神聖教会の経典《きょうてん》が元だと書かれていたから、ますます驚いた。驚きのあまり、その束を持って使用人たちのもとへ聞き込みに走ってしまったほどだ。

……結果は予想通り。

この童話はとても有名な話らしく、ウィッシュボーン王国において悪魔というと〝黒髪黒目で褐色《かっしょく》肌の美しい者〟を皆が思い浮かべるらしい。

そういえば、同じ特徴を持つジュードの父親は『かつて伯爵家が我らを助けたのも、悪魔を従属させるためだったのかもしれない』と笑って言っていた。いや、笑いごとじゃないよ執事！

（ジュードが私と遊びたいと言った理由はこれね）

子どもは時にとても残酷な生き物だ。

多分、『悪魔』と呼ばれる彼と遊んでくれる子が誰もいなかったのだろう。両親が記憶を取り戻す前の私に童話を読ませなかったのも、きっと私がジュードを避けないようにするためだ。

最初のきっかけはどうあれ、オルグレン一族は我が家で虐《しいた》げられることもなく、受け入れられている。敬虔《けいけん》な信徒である両親が受け入れているのだから、彼らが悪魔のはずがない。

「ジュード！」

聞き込みに走り回ったままの足で、私はジュードを捜《さが》していた。……あの童話を知った今、ちゃんと彼に会って話したいと思ったのだ。

「アンジェラ？　どうしたの。走ったらあぶないよ？」

使用人たちが寝泊まりする階へと下る階段の手前で、彼は花瓶の水を替えていた。日焼けとは違う褐色《かっしょく》の肌に、さらりと滑《すべ》る真っ黒な髪。少年らしからぬ美しさだけれど、この国では珍しい容姿に、胸が痛んだ。

「ジュード！　私は貴方の味方だからね！　誰がなんと言っても、貴方は大切な幼馴染《おさななじみ》よ！」

「え？　なにかあったの？」

倒れるように抱き着いた私を、ほぼ身長差のない彼が慌てて受け止めてくれる。子どもの少し高い体温と、とくとくと脈打つ鼓動が心地よい。

何も知らなかった自分が悔しい。ジュードはきっと、私の知らないところで沢山悲しい思いをしたに違いないのだ。こんなヒョロヒョロの小枝のような私を頼りにしてくれるほどに。

「……ああ、そっか。アクマのはなし、アンジェラもやっとよんだんだね」

「ジュードは悪魔なんかじゃないわ。私は貴方の髪も肌の色も大好きだもの」

「ありがとう。でも、アクマだって言う人はたくさんいるから……もういいんだ。ぼくには、アンジェラがいてくれる」

「そうよ、私がいるわ。私が強くなって、貴方を守ってあげるからね！」

「それじゃあカッコわるいよ。ぼくもつよくなるよ。アンジェラをまもるために」

背中に回された小さな手が、私の子ども用ドレスの生地を強く握る。ゲームでは描かれなかった辛い思い出も、この世界ではただの『設定』では済まない。

たとえろくに覚えていなくとも、彼が大事な幼馴染《おさななじみ》であるのは変わらない。世界を救う主人公の私が、幼馴染《おさななじみ》すら救えなくてどうするのよ。

「ずっと、そばにいさせてね、アンジェラ」

「もちろんよ！　一緒に強くなりましょうね！」

目の前に早速現れた苦難に、私の心はとても高揚していた。魔物を退治して世界を救うという大きな目標の前に、強くなる理由を一つ手に入れたのだから。

――ゆえに、この時の私は知らないのだ。

立てる予定のなかった恋愛フラグが、ここでばっちり建設されていたのだと。

STAGE2　脳筋は日々育っています

「大丈夫ですか、お嬢様？　雑用でしたら、僕が運びますよ」

心配そうに声をかけてくるジュードに、私はきっぱりと答える。

「平気よ。むしろ、これは私のための訓練なの。危なっかしく見えるだろうけど、見守っていてちょうだい」

乙女ゲームの記憶を取り戻してから、早くも二年が経過した。

元プレイヤーで転生者である私、アンジェラ・ローズヴェルトも、先日無事に七歳の誕生日を迎え、ますます魔力に磨《みが》きをかけておりますよ！

二年前から始めた勉強は続いており、魔法技術も着々と身についてきている。神様を心から信仰している両親も、この二年間、非常に好意的に協力してくれたしね。

回復を中心とした『神聖魔法』は本当に私に合っていたらしい。まるでスポンジが水を吸うかのように、あっという間に習得することができた。それが神様のくれたチートなのか、アンジェラという〝キャラ〟に備わっている特性なのかはわからないけど。

とにかく、今はほとんどの魔法を呪文の詠唱なしで使うことができるぐらいだ。小さな切り傷はもちろん、ねんざや骨折も治せることを使用人たちで確認済みである。

……もちろんわざと怪我をさせたりはしてないわよ？　庭の手入れや屋敷の掃除など、その大半を手作業で行《おこな》っているこの世界では、仕事は怪我と隣り合わせなのだ。

でも回復魔法のおかげで、当家はずっと医者いらず。かつての私が生きていた日本と違って、この国では医療もそれほど発展していないため、それはもう重宝《ちょうほう》されていた。

加護サマサマね！

そして、戦いの要《かなめ》となる『強化魔法』も、着々と身についてきた。今はまだ回復魔法ほどは使いこなせないけど、それでも充分実用に足るものだと自負している。

今この瞬間も、自身にかけながら訓練をしているところだ。

（うんうん、この前よりも大分少ない魔力で使えるようになったわね）

臙脂色《えんじいろ》の絨毯《じゅうたん》が敷かれた広い廊下を、私は意気揚々《いきようよう》と歩いている。この細い腕に、分《ぶ》厚《あつ》い魔法書を五冊ほど重ねて。

自慢じゃないけど、相変わらず筋肉がつきにくい素《す》の私では、魔法書五冊なんてとても持ち上げられない。そこで、魔法で筋力を強化しているのだ。少し前に試した時は三冊が限界だったけど、今日は五冊持っても安定して歩けているし、魔力の使用量も期待通りに抑えられている。

この調子で訓練を続ければ、もっと少ない魔力で使えるようになるだろう。最終的な目標は、鉄製の武器を持てるようになることだ。

（良い感じだわ。今日はこのまま屋敷内を一周して、体を慣らしておこう）

胸を弾ませながら、魔法書の表紙を撫《な》でる。そうして隣を見ると――こちらを見つめている黒い瞳と目が合った。

「……そんなに頼りなく見えるかしら？　それとジュード、変な呼び方はやめてね」

「変って、お嬢様。これが正しい呼び方であって……」

「ジュード？」

「…………わかったよ、アンジェラ」

成長する私と共に、幼馴染《おさななじみ》のジュードもどんどん良い男に育ってきている。

同じぐらいだった身長は早くも差がついたし、肩幅や体つきも女の私とは違ってきた。きっともう何年か経てば、私が見上げないと目線も合わなくなるだろう。悔しいけど仕方ない。

また、最近は丁寧な言葉遣いもするようになってきた。多分、彼の父や周りの人にそうしろと言われているのだろうけど、今更『使用人』ぶられても気持ちが悪いのよね。

いつかの約束通り、彼と私はずっと一緒に育ってきた。友として、幼馴染《おさななじみ》として。彼が鬼ごっこやかけっこに付き合ってくれたおかげで、私の体力も少しだけ増えたのだ。

これからも仲間として、良好な関係を築いていきたいと思う。

「ねえ、せめて半分渡してくれない？　別にアンジェラが頼りなく見えるわけじゃないけど、使用人の僕が手ぶらなのが申し訳ないんだ」

「ダメよ！　これは私のための訓練なの。もし我慢できなくなったらお願いするから、それまでは見守ってて！」

「……なんの訓練なのかは知らないけど、あんまり無茶しないでよ？」

心配そうに見守りつつも、彼は昔から私の邪魔はしない。でも、何かあったらすぐに駆けつけられる距離にはいてくれる。こうしたさりげない優しさも、さすが乙女ゲームの攻略対象と言うべきかしらね。……攻略する気はないけど。

そんなやりとりをしていた時だ。廊下の向こう側から使用人の集団が歩いてくるのが目に入った。

「……あら？」

先頭を歩くのは、私も付き合いの長い年配のメイド長だけど……その後ろをついてくるのは、真新しいお仕着せに身を包んだ若い女性たちだ。

「新人さんかしら？」

「ああ、つい最近雇《やと》われた人たちだね」

私の呟《つぶや》きにジュードが答えてくれる。我が家は貴族社会でも結構上位のほうらしく、他家と比べて使用人は多いはずなんだけど。さらに増やす必要があったとは知らなかったわ。

（こういう日常のイベントって、ゲームではなかったものね）

ぼんやりと眺めていれば、こちらに気付いたメイド長が慣れた動作で道を空けてくれた。後に続く女性たちも慌てて頭を下げ、端に寄ってくれる。

「お疲れ様」

私は軽く挨拶《あいさつ》の声をかけてから、ゆっくりと彼女たちに近付いていく。穏やかに微笑むメイド長と比べて、まだまだ新人さんたちの表情は硬い。

きっとそのうち紹介されるんだろうなと、特に何も考えずに通りすぎようとして……

（――――……うん？）

そのうちの一人に、妙な違和感を覚えた。

歳は二十に届くか届かないかくらいだろうか。お辞儀《じぎ》の動作自体におかしな点はなかったのだけど……なんだか妙に〝無駄がない〟ように見えた。

「……アンジェラ？」

足を止めてしまった私に、ジュードが不思議そうに首をかしげる。

『頭を下げる』という相手に弱点をさらけだすポーズをしているはずなのに、その女性には隙がないように見えるのだ。

雇《やと》い主の娘たる私が止まったことで、他の女性たちに明らかな緊張が走る。だが、件《くだん》の女性だけは妙に落ち着いたまま微動《びどう》だにしない。

そうして様子を窺《うかが》っていたら、女性の頭上にぼんやりと『何か』が浮かんできた。

「……お嬢様？　どうかなさいましたか？」

ジュードに続いてメイド長も質問してきたけど、私の目は女性の頭上に釘付けだ。髪を押さえるホワイトブリムの上に、何かが〝浮いている〟のだ。

赤い色の――これは文字だろうか。

(人の頭上に文字なんて……他の人には見えていないのかしら？)

訝《いぶか》しむ彼らを無視して、さらにじっと目をこらす。文字は文字でも、この世界の文字ではない。見なくなって久しいこれは、もしかして『日本語』か。

(……うん、これ漢字だわ。なんでそんなものが見えるの？)

女性の頭上に浮かぶ、赤い色の日本語。そういえば、同じものをゲームでも見たわね。

パズルのピースが急速に繋がっていって――目の前のそれが、私の中で意味を成す。

【暗殺者】と。

「敵じゃないの!!」

反射的に叫んだ瞬間、私は手に持っていた分厚《ぶあつ》い魔法書を彼女に投げつけていたのだった。

＊　＊　＊

その後、私が本をぶつけたメイドを調べてもらったところ、小型武器や怪しげな薬などが出てくる出てくる。脊髄《せきずい》反射で倒してしまった彼女は、本当に暗殺者だったようだ。

うちは勤続年数の長い使用人ばかりだったせいか、新人に対する警戒心が薄れていたらしい。それにしてもずさんすぎるわ。今後は身体検査を強化してもらわないとね。

反省して深く頭を下げる使用人たちを慰《なぐさ》めつつ、国の公安機関にしょっぴかれていくメイド……もとい暗殺者をジュードと並んで見送る。

あの暗殺者も、まさか齢《よわい》七つの小娘に負けるとは思わなかっただろう。それも、ノックダウンさせられた武器は本である。

（……敵の情報が見えるなんて、さすがに思わなかったわね）

敵キャラクターの名前は赤い文字で頭上に表示される。これはあのゲームの仕様だ。さすがに体力ゲージはなかったけど、パッと見で相手が敵だとわかるなんてとても便利だ。わざわざ敵かどうか探る手間が省《はぶ》ける。それに、敵ではない人を疑う必要もなくなるからね。

これも神様からの加護なのだとしたら、全力で感謝したいわ！

「……ねえアンジェラ。まさかこのために分厚《ぶあつ》い本を持っていたわけじゃないよね？」

こっそり神様へ感謝を送っていれば、ジュードが訝《いぶか》しげに呟《つぶや》いた。

「まさか！　本を持っていたのは本当に偶然よ」

いくら転生者の私でも、今回のことは想定外だ。だいたい、こうした分厚《ぶあつ》い本は投げるものではなく〝殴るもの〟だろう。今回は慌てて投げつけてしまったけど、打撃武器として角をうまく使えば、もっとダメージを与えられたはずだわ。

「……そう、か。そうだね。変なことを聞いてごめん。君に怪我がなくてよかったよ」

ジュードの言葉はどこか歯切れが悪い。表情も少し落ち込んだ様子で、よかったと言っている割には暗い雰囲気だ。誰も怪我をしていないし、落ち込む理由はないはずなんだけど。

（まさか、これはイベントで、本当はジュードが倒すはずだったとか？　アンジェラ編は全く知らないから、普通に倒しちゃったわ。……恋愛イベントなら逃《のが》しても別に困らないけど）

ジュードのことは嫌いじゃないけど、彼と恋愛をするのはまた別の話だ。それに暗殺者なんて危険な人物を早めに追い出せたのだから、結果としては良いはずよね。

「ジュード？　何か気になるの？」

「ああ、ごめん。なんでもないんだ」

一応確認をしてみたものの、彼は曖昧《あいまい》な笑みを浮かべるだけだ。

結局この日は『危ないから自室へ戻れ』という両親からの指示で、魔法の訓練を切り上げて部屋に戻るのだった。

＊　＊　＊

翌日、母の部屋へ招かれた私は、まさかの吉報に喜びの声を上げた。

「えっ、私にきょうだいですか⁉」

私によく似た伯爵夫人は、とても子どもがいるようには見えない若くてきれいな女性だ。体つきも華奢《きゃしゃ》で、今日も深緑色の普段着ドレスがよく似合っているのだけど、その細いお腹に赤ちゃんが入っているとは思いもしなかった。

（そっか、それで新しい使用人を雇《やと》っていたのね）

かつて私がいた日本とは違い、この世界は医療環境がそれほど整っているわけではない。回復魔法で怪我は治せるものの、出産となれば命がけの一大行事だ。

信頼できる古参の使用人は、これから母と赤ちゃんにつきっきりになるだろう。新人を雇《やと》うことになったのも納得だわ。おかげでうっかり暗殺者を呼び込んでしまったけど、被害はなかったし。何より家族が増えるのはめでたい話だ。

「弟でしょうか？　妹でしょうか？」

「ふふ、さあどっちかしらね。きっと、どっちでも可愛いわ」

わくわくしながら身を乗り出す私に、ソファに腰かけた母は嬉しそうにお腹を撫《な》でさせてくれた。まだなんにも感じないけど、この中に弟か妹がいるらしい。ゲームでは見たことがなかったアンジェラの家族は、今の私にとっては守りたいと願う大切な人たちだ。

（もっと強くならなくちゃね！　生まれてくる赤ちゃんは、お姉ちゃんの私が守らないと。よし、今度の訓練は魔法書十冊に挑戦しようかな）

ますます輝きを増していく転生人生に、強くなるための新たな目標が追加された。もし次に暗殺者なんかが来ても、今度は屋敷の敷地に入る前に撃退してやるわ。

戦う力も敵を見つける目も手に入れた。後は私が頑張ればいいだけだ。

（そうと決まれば訓練訓練訓練！　今日は足の筋力を強化して、屋敷の外周をジョギングしようかな。一人だと怒られるから、ジュードを巻き込んで……）

「失礼します。お嬢様はこちらにいますか？」

うきうきしながら筋トレメニューを考えていれば、呼びに行く前にジュードのほうから来てくれたみたいだ。心を弾ませる私と微笑む母を見て、彼はきれいな礼の姿勢をとる。

「ジュード、ちょうどよかったわ！　お母様から良いお話を聞けたから、清々《すがすが》しい気持ちで外を歩きたかったの！　手が空いているなら、付き合ってくれないかしら？」

「……僕は構わないけど」

どこか硬い表情を浮かべる彼は、ちら、と母の様子を窺《うかが》う。

母は気にした様子もなく笑ったまま、行ってらっしゃいと手をふって送り出してくれた。

「びっくりよね。あんなに細いお母様のお腹に赤ちゃんがいるなんて！　ジュードは知ってた？」

「え、赤ちゃん……？　いや、初耳だよ。そうか、それで最近騒がしかったのか」

のんびりと歩み出た中庭は、今日も敏腕《びんわん》庭師によって整えられている。昨日よりも美しく見えるのは、良いニュースを聞いたからかもしれない。

うきうきと弾んだ気分で歩く私だけど、ジュードはどこか困惑した様子だ。

「なんだかジュードは元気がないわね。何かあったの？」

「何かあったというわけではないよ。それに、これは僕が口を出してはいけないことだろうし」

一応訊《たず》ねてみたものの、ジュードからは曖昧《あいまい》な答えしか返ってこない。先の暗殺者退治から、どうにも彼は落ち込んだままだ。あれ、やっぱり重要なイベントだったのかしら。

「ねえ、私が何かしちゃったんじゃないの？　それなら遠慮なく言ってよ？」

「アンジェラに何をされても、僕は平気だよ。そうじゃなくて……」

年の割に妙に艶《つや》めいた表情を浮かべる彼は、何かを言いかけて、また口をつぐむ。

一体なんなんだ。うじうじするなんて男らしくないぞ！

「何よ、家族が増えるのは良いことじゃない？」

「それはそうだけど……君は女の子だからね」

なんとなくじめっとしたジュードの雰囲気に、返す声がついキツくなってしまう。私が不機嫌になってきたとわかったのか、彼は黒い瞳を少しだけ揺らしてから、寂しそうに微笑んだ。

「何があっても、僕はアンジェラの味方だよ。これから先もずっと、ずっと」

（そりゃ、敵にはならないでしょうけど）

ずっと味方でいると先に言ったのは私だし、その気持ちを返してくれるのは嬉しい。けど、子ども同士の会話にしては雰囲気が重すぎるわ。彼は何が言いたいの？

「あー……もうっ！」

これ以上暗い雰囲気でいたくなくて、彼を突き放すように走り出す。まあ、私が走ったところで、すぐに追いつかれてしまうんだけど。

彼のこの日の態度は、その後もしこりのように私の胸に残り続けることになる。

——そして、それから数ヶ月後。

生まれた第二子は『弟』で、家督を継ぐべき『男』で、私は大事な一人娘ではなくなる。

家族を愛し、守ると決めて、類稀《たぐいまれ》な才能を見せてしまった私は、弟の誕生によって、人生の大きな転機を迎えることになるのだった。

＊＊＊

『聖女』とは、誰が決めるものなのだろうか。私にとってはゲームのアンジェラを指す代名詞だけど、本来は宗教などにおいて重要な役目を果たした女性を賞賛する呼称だ。ゲームのアンジェラ・ローズヴェルトは、スタートの時点ですでに『聖女』と呼ばれていた。

対して今の私は、まだそう呼ばれてはいない。神聖魔法を使いこなし、神様から多くの加護をもらっている私には、あと何が足りないのだろう。

――その答えを知ったのは、八歳の誕生日を間近に控えたある日のことだった。

「ここは、ずいぶん大きな教会ですね」

両親に行き先を告げずに連れてこられたのは、我がハイクラウズ伯爵領内で一番大きな神聖教会の施設。しかし、黒い修道服の男性二人に案内された場所は、礼拝堂のほうではなく、彼らの宿舎だった。

清貧《せいひん》を良しとする聖職者らしい、華やかさとは縁のないくすんだ木造の建物。造りだけはしっかりしている宿舎の三階には――何故か私の部屋が用意されていた。

「私の部屋？　それは、一体どういう……」

「可愛いアンジェラ。貴女はね、今日から『神様の子』になるのよ」

両親から誇《ほこ》らしげに告げられたその言葉で、幼い私は気付いてしまった。

――ああ、私は両親に〝捨てられた〟のだと。


（……こうなることは、頭のどこかでわかっていたはずなのにね）

木目のある大きなベッドにごろんと横になる。今まで住んでいた屋敷と比べれば質は劣るけど、こうした宿舎で用意されるものの中では最上級の部屋だろう。

広さも体感で十畳近くあり、幼い少女に与えられた個室にしては大きすぎる。今までの寄付の額も相当だったのだろうけど、それにしたって破格の待遇だ。

……両親は、私をこの広い部屋に置いて帰ってしまった。

つまり私は、『伯爵家よりも教会にいることが相応《ふさわ》しい』と思われ、教会側にもそう認められたということ。

――神聖教会の広告塔たる『聖女』となるために。

(私に足りなかったものは、これだったのね)

ただの伯爵令嬢が聖女なんて呼ばれるわけがない。屋敷から出て教会で暮らすことが鍵だったのだ。

ここで修練に励《はげ》み、聖女として認められてこそ、アンジェラはあの部隊に選ばれる。もしゲームと同じなら、近い将来魔物によって危機を迎える世界を救うために。

そうだ、両親は正しい選択をしてくれたのだ。おかげで私は、お嬢様としての教養などをかなぐり捨てて、ただ強くなることだけに集中できる。

――そう、わかっているのに。

「……っ!」

ぼろぼろと目からこぼれる涙が止まらない。自分で思っていたよりも、私の心は七歳という体の年齢に引っ張られていたらしい。

敬虔《けいけん》すぎる両親にちょっと思うところはあった。過保護な使用人を面倒くさいとも思っていた。それでも私は、彼らが嫌いではなかった。毎日顔を合わせることが当たり前の、幸せな生活だった。

生まれたばかりの弟のことも、もちろん嫌いではない。赤ちゃんの小ささと柔らかさに感動したし、愛《いと》しかった。彼らを守るために、これから強くなりたかったのに。

「……覚悟が、甘かったかしらね」

ゲームの主人公は悲惨な過去を背負っていることが多い。家族との死別などは、もうお約束みたいなものだ。屋敷から離れただけの私なんて、ずいぶん甘いほうだろう。たとえ、もう家族のもとへ帰れないとしても、彼らは生きていてくれるのだから。

それでもやはり、涙は後から後から溢《あふ》れてくる。私は、彼らと離れたくなんかなかったのだ。

止まらないそれを、無理矢理手のひらで押さえつけようとして――

「……こすったら駄目だよ、傷になるから」

「――……うえ？」

ここで聞くはずのない声に、固まってしまった。

「ジュード……？」

いつの間にか橙色《だいだいいろ》に染まった陽光を受けて微笑んでいるのは、もはや見慣れた私の幼馴染《おさななじみ》。いつも着ていた使用人服よりもいくらかラフなシャツとパンツ姿の彼は、相変わらず年齢には不相応に落ち着いた様子で私の頭を撫《な》でてくれる。

その温かさも、私のより少しだけ大きな手も、間違いなく彼のものだ。寂しさが見せた幻じゃない。

「なんで、ジュードがここにいるの?」

「言ったよね、僕。必ずアンジェラの味方でいるって。ずっと傍《そば》にいるって」

「それは、聞いたけど……」

実際にそんなことができるのだろうか? 確かに彼はゲームでは攻略対象だけど、現実での立場は使用人だ。私だってもう伯爵令嬢じゃないし、そもそも彼の雇《やと》い主でもない。それなのにどうやって?

「誤解してるみたいだから、一つずつ話すね。まず、君はこの教会に預けられただけで、貴族をやめたわけじゃないからね」

「ど、どういうこと?」

家に帰ることは難しいだろうけど、と一言添えてから、私が転がるベッドの端に腰かけるジュード。彼の言うことを信じるならば、今の私は極めてイレギュラーな状態らしい。

普通、貴族の娘が教会や修道院に預けられる理由は、大半が醜聞《しゅうぶん》として隠されるようなことだ。しかし、私の場合は生まれつき膨大な魔力を持ち、しかも神様から祝福を受けている。

その上、『世界のために戦え』という天啓を受けており、実際に屋敷に現れた暗殺者の正体を見破って撃退した。たった七歳の少女がだ。

その結果『この子は普通じゃない』と思った両親が神聖教会に相談したところ、教会だけではなく、なんと魔術師協会でも同じ意見になったらしい。

そして話し合いの末、適性の高い神聖魔法をさらに学べるようにと、教会が私を預かることになったようだ。そこには私を保護する意味も含まれており、魔術師協会も協力しているという。

これは醜聞《しゅうぶん》どころか、家にとっても名誉なこと。ゆえに、私は出家《しゅっけ》したわけではなく、ローズヴェルト家の娘のままなのだそうだ。屋敷には戻れないけど。

「だから君はお嬢様のままだし、使用人を連れていてもおかしくはないってことだよ」

「それじゃあ、ジュードは私のためにわざわざ来てくれたの？」

「うん。ただ、教会も君が特別だからこそ、僕に生易《なまやさ》しい対応はしてくれないと思う。それに、僕は〝コレ〟だから、ここには住まわせてもらえないだろうけどね」

予想外の話にすっかり涙も乾いた私を見て、ジュードは嬉しそうに、しかしどこか困ったように微笑む。彼の言うコレとは、外見のことだろう。

（例の悪魔の童話か……）

あの忌々《いまいま》しい童話は、神聖教会の経典《きょうてん》が元になっている。当然教会関係者なら、童話よりも過激な元の話も知っているし、ジュードを見れば悪魔だと思うだろう。どうして？　ジュードはどこで寝るの？」

「……一緒に暮らせないってわかっているのに、私についてきてくれたの？

「この町には僕の叔父が住んでいるから、そこに泊めてもらうよ。心配しないで。僕がアンジェラと離れたくないから、ここに来ると決めた。ただ、それだけだよ」

さすがに不安を覚えて聞いてみれば、さらっと恥ずかしい台詞《せりふ》が返ってきた。そんな台詞《せりふ》を言ったのが十歳になったばかりの少年とか、末恐ろしい話だわ。

どうやら彼は、本当に私を大事に思ってくれているらしい。叔父さんの件は初耳だけど、血縁者なら外見のことは心配いらないだろう。

私が安堵《あんど》の息をこぼせば、彼はそっと頬を撫《な》でてくれた。

「……本当はね、僕が君を止めればよかったんだ。神の愛《いと》し子なんて呼ばれるアンジェラが神聖魔法を使いこなしたら、注目されるのはわかっていたのに。でも、あんまりにも君が楽しそうだったから、止められなくて。そのせいで、たった七歳の君をお屋敷から出すことになってしまった。君を泣かせてしまった責任はとるよ」

「そんな、勝手に魔法を勉強したのは私じゃない。ジュードはなんにも悪くないわよ！」

私が慌てて体を起こせば、彼は屋敷で見たあの寂しそうな笑みを浮かべていた。

……そうか、彼は気付いていたんだ。弟が生まれれば、女の私はいずれ家を出ることが決まってしまう。その上、私が強くなればなるほど、こうして教会へ預けられる可能性も高まる。それは同時に、彼も親元から離れなければならないことを意味していた。

（せめて、私のために来てくれたジュードが、嫌な思いをしなければいいんだけど）

この無駄に広い部屋で一緒に暮らせればいいのに、きっと教会が許してくれないのが悔しい。

（髪や肌の色が何よ。ジュードは本当に善良な人なのに）

彼は後《のち》に、乙女ゲームの攻略対象になるぐらいの超優良物件に育つのだ。イケメンで仲間思いの、とても強い剣士に。たかが外見の色合いで差別されるかもしれないなんて許しがたい！

（神様、貴方の信徒が彼を嫌うなんておかしいです。ジュードは私の大事な幼馴染《おさななじみ》で、いずれ魔物から世界を救う仲間なんです。どうか、どうか力を貸して下さい！）

話を終えて、彼の手をぎゅっと掴《つか》んだ私に、ジュードは首をかしげる。

「……アンジェラ？」

明日から始まる日々は、屋敷での温かなものとは違う。それを覚悟した上で彼は来てくれた。筋肉も考えも足りない私なんかを頼りにしてくれた大事な仲間。

「……ジュード、私もここに来た以上、貴族の娘としての甘い考えは捨てようと思う。だから貴方にも、私の使用人という考えは捨ててほしい」

少しだけ考えてから、強い決意を彼に伝えた。大事な彼だからこそ、今の私の気持ちはちゃんと伝えておきたい。

「……それはつまり、僕はいらないってこと?」

「違うわよ！　使用人じゃなくて、私と対等の立場で支えてほしいの。私も精一杯頑張るけど、今回みたいに突っ走ってジュードを巻き込んでしまうかもしれない。だから、後ろじゃなくて私の隣で見ていてほしい。ダメかな?」

一言一言しっかりと告げれば、彼は目を見開いてぽかんとした表情になる。今まで落ち着いた顔ばかり見てきたから、なんだか新鮮だ。

少し経って、ジュードはゆっくり頷《うなず》いた。……蕩《とろ》けるような笑みを浮かべて。

「僕でいいなら、喜んで。……やっぱり、強引に君のところへ来てよかった」

「ありがとう。これからもよろしくね」

私の手の上に、彼のもう片方の手が重なる。強く繋がる、小さな子ども同士の手。これからしばらくは、私にとって唯一となる大切な繋がり。

その体温を尊《とうと》いものだと噛み締めて——直後、暗くなり始めた空に一筋の光が差した。

「うわっ⁉　な、何これ⁉」

もう太陽はほとんど沈んでしまった後だ。にもかかわらず、窓の外から差し込んだ眩《まぶ》しい光は、ジュードの体へまっすぐ届いている。

突然のことに驚いたのか、教会の人たちが部屋へ駆けつけてきたけど――その目に映ったのは、悪魔の色をまといながらも、神聖な光に〝選ばれた〟少年の姿だ。

「なんということだ……これは我らが主《しゅ》の『祝福』の光……‼」

ジュードを見つめる彼らが、呆然と呟《つぶや》く。これはつまり、神様に私の願いが通じたのだ‼

（ああ、神様‼　叶えてくれて、ありがとうございます‼）

まさか本当に叶うとは思ってなかったけど、試しに願ってみるものだ。私も頑張りますから、引き続き彼を見守って下さいませ‼

「アンジェラ？　この光、何……？」

「神様がね、ジュードを認めて下さったのよ‼」

「えっ……えええええ⁉」

突然の事態に、ジュードは年相応の驚きと戸惑いを浮かべながらあわあわしている。

ともあれ、この光景はちゃんと教会の人にも見られている。これから色々聞かれるかもしれないけど、ジュードを外見で差別するようなクズは減るはずだ。

なんといっても、神様が彼を認めているのだからね！

（ここでの新しい生活も大丈夫だわ、絶対に）

予想外の展開に戸惑いもしたけど、私の転生人生は今日も順風満帆《じゅんぷうまんぱん》。そして明日からもきっと大丈夫だ。隣には頼りになる幼馴染《おさななじみ》がいてくれる。恐れることなんて何もない。優しい神様に報《むく》いるためにも、誠心誠意励《はげ》んでいこう。目指せ世界平和！　目指せ天下無双!!

「ア、アンジェラ！　この光、どうしたら消えるの!?」

「さあ？　神様の気分次第じゃないかしらね」

STAGE3　脳筋が聖女と呼ばれる日

——季節は巡り、私が神聖教会へ預けられてから早《はや》四年の月日が流れた。

アンジェラ・ローズヴェルトは、今年で十二歳。日々努力と鍛練《たんれん》を重ね、立派な脳筋聖女になるべく励《はげ》んでおりますよ！

と言っても、朝夕の礼拝で信徒たちを出迎える他は、ほとんど顔見知りの聖職者たちとしか交流がない寂《さび》れた生活なんだけどね。主《おも》な仕事は掃除という名の筋トレだし。

「よいしょっと！」

今日も今日とて、人がはけた後の礼拝堂を丁寧に掃除していく。赤煉瓦《あかれんが》造りの立派な礼拝堂はとても広く、磨《みが》ける場所も豊富だ。

かつては階段の上り下りですらも息切れしていた私だけど、今ではバケツに水を汲《く》みに行くこともできるし、雑巾《ぞうきん》がけで端から端まで駆け抜けても息は上がらない。屋敷にいた頃と比べたら、ずいぶん丈夫になったものだわ。

……まあ、未だに腹筋も腕立てもまともにできないし、掃除中に持てないものがあったら、強化魔法というズルをしながら運んでいるんだけどね。

仕方ないのよ。共同生活において、作業の効率というのはとても大事。素《す》の力でやって皆を待たせるぐらいなら、魔法を使ってでもさっさと片付けたほうがいいのよ！

それに、頼まれた掃除は絶対に断らないので、最初は貴族だと思って距離を置いていた皆も、今ではすっかり私を認めてくれている。筋肉をつける系の相談に乗ってくれる人もいるぐらいだ。

「今日もいい天気ね」

天井の美しいステンドグラスからは、暖かな日差しが入ってくる。こんな天気の日は、洗濯物もよく乾くからありがたいわ。

無駄に広い部屋をもらっているせいで、私の部屋はカーテンやら何やら洗濯できるものが多いのだ。後で洗濯当番の人を手伝いに行こうとか考えながら、額《ひたい》を流れる汗をそっと拭《ぬぐ》う。

——私の外見も、すっかりゲームのアンジェラに近付いた。

今はひっつめているけど、解《ほど》けば腰まである亜麻色《あまいろ》の髪は、ろくに手入れができない生活でもサラサラのまま。外で草むしりもしているのに、肌は相変わらず真っ白で、日焼けというものを知らない。手だけはそれなりに荒れてしまっているけど、まあ名誉の傷だろう。

装《よそお》いこそ黒地の質素な修道服だけど、容姿はかなりの美少女だ。自分で言うのもどうかと思うけど、事実だから仕方ない。胸だって育ってきたし、もう少ししたらゲームのアンジェラと同じ姿になりそうだわ。個人的な要望としては、ゲームの時よりも多少は筋肉質になっていることを願いたいけど。

「よし、こっちは完了。窓枠は昨日全部やったし、今日はどこをやろうかしら」

作業に一区切りついたところで伸びをしながら立ち上がると――その瞬間、背後から聞き慣れた声がした。

「相変わらず精が出るね、アンジェラ」

「うわあっ⁉」

慌ててふり返れば、ぶつかりそうになった体がぽふっと受け止められる。相手は思ったよりも近くにいたらしい。

「ビックリした、脅《おど》かさないでよジュード」

「普通に声をかけてから入ってきたよ？　その声が聞こえないぐらい集中してたんじゃないかな」

視線を上げれば、ずいぶんと身長差のついてしまった幼馴染《おさななじみ》が、笑みを浮かべて私を見ている。

顔立ち自体はキツめなのに、まとう空気が柔らかいおかげでいつでも優しい印象だ。ゲームでの彼は『触れたら切れる』くらいに鋭い雰囲気のキャラだった気がするんだけど、現実の彼は笑顔からマイナスイオンが出ていそうだ。

「いつ見てもここの礼拝堂はピカピカだね。君がこんなに掃除好きだとは思わなかったよ」

「ここは信徒の方々をお迎えする大切な場所だもの。誰が来ても心地よくすごしてもらえるように整えるのは当然じゃないかしら？」

「君は本当に……あんまり頑張りすぎないでよ」

思うままに返せば、ジュードは苦笑しながらポンポンと私の頭を撫《な》でる。

貴族といえば傲慢《ごうまん》なんて先入観を持っている人もいるけど、土地とそこに住まう民あっての貴族であり領主だ。特に私は教会に保護してもらっているのだから、尽くすのは当たり前だわ。何より、掃除っていい筋トレになるから好きだしね。

（……それにしても、ジュードったらまた手の皮が硬くなってる）

頭を撫《な》でる手の感触を確認しながら、つい羨《うらや》ましくなってしまう。

ジュードがこの町に来て以降お世話になっている叔父さんは、元は王都で騎士をやっていた人らしい。大きな怪我を負って除隊してしまったけど、実力はかなりのものだったとか。その叔父さんに、ジュードは剣を習っているのだ。

彼は周囲が目を見張るような速さでめきめきと実力をつけており、最近では町でのトラブル解決や魔物退治にも協力していると聞く。私は武器さえ触らせてもらえないのに、なんて羨《うらや》ましい！　……まあ、町の皆に認められるのは良いことだわ。ジュードが外見で差別されるんじゃないかと心配だったからね。

（ただ、やっぱりジュードは攻略対象サマなのよね）

成長した彼は、改めて見るとイケメンすぎて目が痛い。身長はすでに百七十センチを超えているし、服の上からでもわかる鍛えられた体は、厚みがあるのにスラリとしている。脚は嫌味なぐらい長いし、簡素な服だからこそバランスのとれたボディラインがよく映《は》える。

顔立ちは言うまでもなく完っ璧な美形。褐《かっしょく》色の肌と首筋にわずかにかかる黒髪が、この国の人間にはない色っぽさを漂《ただよ》わせる。首から鎖骨の辺りはもう色気の暴力だ。

これで十四歳ってどういうことよ？　中二男子なんて、まだまだ悪ガキであるべきだろうに。

（『悪魔の色』をしてるのに、町の女子たちのジュードを見る目、やっぱいものね）

ある者は言葉を忘れて見惚《みと》れ、ある者は食い入るように目をギラつかせる。

ジュードは外見を気にして礼拝の時間は教会に近寄らないのだけど、たまたま近くに来ていた時などは、信徒の女性陣が色めき立つ。もちろんいい意味で。……いや、魅了されているのだから、ある意味本当に悪魔なのかしらね。

「アンジェラ？　僕の顔がどうかした？」

しげしげと眺めていたら、ちょっと不審がられてしまった。困ったような、どこか照れたような、そんな様子も隅々《すみずみ》までイケメンだ。おのれ攻略対象め。

「……なんでもないわ。手の皮が硬くなってるから、鍛練《たんれん》を頑張っているんだなーと思って」

「ああ、これ？　僕なんてまだまだだよ」

「そんなことないでしょう？　礼拝に来る信徒さんたちから、よく感謝の言葉を聞くもの。危ない仕事を手伝ってくれるから助かってるって」

「それならアンジェラだって。君に感謝をしている人は本当に大勢いるよ」

感謝の気持ちを代弁するように、ジュードの顔がまた優しい微笑みに戻る。

まあ、私だって何もせずにただ教会にお世話になっているわけじゃない。回復魔法の腕を活《い》かすべく、たまにお医者さんの真似事をやっているのだ。

日本とは違い、このウィッシュボーン王国はまだまだ医療が進んでおらず、お医者さんも少ない。この町にも病院はなく、薬師《くすし》さんがいるだけだ。病気の類《たぐい》はそちらにお任せしているけど、外傷となれば自然治癒《ちゆ》よりも私が治したほうが断然早い。もちろんお金ということで、私もそれなりには町の人々に貢献しているつもりだ。もちろんお金はもらっていない。むしろ、魔法の訓練相手として、感謝したいぐらいだ。

「こんな私でも役に立てているのなら何よりだわ」

ちょっと得意げに胸を張った私を見て、ジュードの表情が少しだけかげった。

「僕がしていることなんて、君の頑張りには遠く及ばないよ。堂々と君の隣に並べるように、もっと強くなりたいんだけどね」

……何よそれ、剣を習えない私に対する嫌味かしら？

この国の聖職者は、命を奪うものの象徴である刃物を持たせてもらえない。教会預かりの身である私も同様で、今後武器を持てることになっても、棍棒などの打撃武器に限定されてしまうのだ。

かつてゲームでふるっていた大剣や斧などは、教会に所属している限り手の届かない夢だ。剣が持てるだけでも羨《うらや》ましいのに、ジュードの贅沢者《ぜいたくもの》め！

思わずむくれた私に、ジュードはきょとんと目を瞬《またた》かせる。

そんな、ありふれた日常をすごしていた――その時だった。

「ジュードさん！　ジュードさんはいるかいっ⁉」

荒々しい音を立てて、礼拝堂の扉が開かれた。現れたのは、町の住人と思《おぼ》しきおじさんだ。ひどく慌てた様子で、妙に顔色が悪い。

「そんなに慌てて、何かあったんですか？」

「たっ大変なんだ！　町のすぐ近くの森に、魔物の群れが現れて！　人手が足りないから、手を貸してくれないか⁉」

「なんだって⁉」

穏やかな雰囲気から一転、ジュードは表情を険《けわ》しいものに変えて、腰に提《さ》げた剣に手をかける。

――ああ、ついに、ついに物語が動き出してしまったのか。

（平和だったこの町にも、魔物の群れが来るようになってしまったのね）

いよいよ始まってしまう。魔物の猛攻から世界を救う戦いの物語が。

ちょうどそのタイミングで響いた教会の鐘の音は、まるで開戦を告げる合図のように聞こえた。

＊＊＊

おじさんの案内で駆けつけた先は、予想していたよりも酷《ひど》い有様だった。

その森は別に呪いの森でもなんでもなく、町の皆が薬草を摘みに行ったりしている、比較的人通りのある場所だ。

それが不幸だったのか、入り口付近には人だかりができていて、その集団からはひどく鉄くさい臭《にお》いが漂《ただよ》ってきていた。

(これは……かなりの数の怪我人が出ているわね)

血の臭《にお》いに敏感なわけでもない私が、離れた位置からでもそう判断できるほどの重い空気。ジュードを呼びに来たおじさんが、真っ青な顔をしていたのも当然ね。

「……ジュード、来たか」

ふと人垣が割れたと思えば、その中から武器を持った人たちが歩み出てきた。

「叔父上！　状況は!?」

先頭にいるのは、三十代後半ぐらいの男性。ジュードと同じ色をまとう精悍《せいかん》な——けれどよく見れば片足を引《ひ》き摺《ず》っている彼が、ジュードの叔父さんなのだろう。

実は会うのはこれが初めてだ。

負傷で除隊したと聞いているけど、彼のまとう空気にはビリビリと張り詰めた戦場特有の鋭さがある。腕は鈍《なま》っていないようね。

私たちが駆け寄ると、ジュードよりもやや細い黒眼が、視線だけで森の中を示す。

「状況はよくないな。彼らを襲っていたヤツらは粗方《あらかた》倒したが、まだ気配がいくつも隠れている。一体一体はさしたる脅威でもないが……少し嫌な予感がするな」

今日はよく晴れているし、まだ日も高いのに、森の周辺の空気は妙に冷たい。木々の陰では、明らかに何かが蠢《うごめ》いているのが感じとれた。

「……それよりお前、そっちのお嬢さんは伯爵のところの子じゃないのか？　なんでこんな危ない場所に連れてきたんだ」

「え……ア、アンジェラ!?　どうしてここに!?」

「何よ？」

ずっと隣を走ってきたというのに、今初めて気付きましたみたいな顔で、ジュードが飛び上がった。いやいや、私主人公だぞ？　イベントが発生したのなら、ついていくに決まってるじゃない。強制参加上等よ。

「なんでついてきちゃったんだ!?　危ないから、早く教会へ戻って……」

「お初にお目にかかります、アンジェラ・ローズヴェルトです。以後、お見知りおきを」

慌てふためくジュードはとりあえず無視して、叔父さんのほうに略式の挨拶《あいさつ》をしておく。彼は戸惑うこともなく「おう」と低い声で応《こた》えてくれた。

「早速ですが、怪我人がいますよね。診《み》せていただけませんか？　……私がどういう理由でこの町の教会へ預けられたのか、ジュードや彼のお父様から少しは聞いていらっしゃるでしょう？」

「……治せるのか？」

「もちろん。そのために来たのです」

本当は隙あらば戦いたいとも思ってるけど、ひとまず今は、この周囲にいる人たちの怪我を治すことからだわ。私の回復魔法の腕は、町のほとんどの人が知っているはずだし。

……というか、あのおじさんも怪我人がいるのならジュードより私を呼びに来るべきでしょうに。もしかして、遠慮されちゃったのかしら。今後は出張治療もできますよって宣伝しておこう。

「お嬢さん、血を見るのは平気か？」

「平気じゃないのは私ではなく、その血を流していらっしゃる方のほうでしょう？　怪我の酷《ひど》い方からお願いします」

「……なるほど、肝の据《す》わったお嬢さんだ」

ちょっとでも弱々しいところを見せたら帰されそうな雰囲気だったので、あえて強気に出たところ、正解だったらしい。未だ慌てるジュードとは逆に、叔父さんの顔に好戦的な笑みが浮かぶ。

彼の手招きに従って近付いてみれば、人垣の向こうには今までの生活とは明らかに違う光景が広がっていた。

（……うわっ）

「一番重傷なのはその男だ」と頭上から声が聞こえる。左肩から右のわき腹まで斜めに斬られた傷は、止血に使われたと思《おぼ》しき大量の布を汚してなお、未だに鮮血を滴《したた》らせていた。すでに意識はなく、あと数分もかからず帰らぬ人になることは明白だ。

（重傷どころか死にかけじゃない!!）

私についてきたらしいジュードが、背後で息を呑んだ。後《のち》に凄腕の剣士となる彼も、さすがにこんな重傷にはまだ耐性がないようね。

「止血用の布をどけて下さい！　すぐに傷を塞《ふさ》ぎます」

一分一秒を争う事態に、すぐさましゃがみ込んで傷口へ手を伸ばす。周囲の大人たちが慌てたけど、すでに手のひらは傷に触れた後。ぬるりと滑《すべ》った血は、もう冷たくなっていた。

（これはまずい……魔力全開！　最高速度で塞《ふさ》ぐわよ!!）

ギュッと、蛇口を捻《ひね》るような感覚があって――次の瞬間には、怪我人の体は淡く発光しながら再生を始めた。

驚きとざわめきが聞こえるけど、今は治療に集中だ。五歳から学んできた私の魔法に、呪文の詠唱なんて余計なものはいらない。ただひたすら『治れ治れ』と念じながら全力で魔力を注ぎ込むだけだ。

治療のやり方が雑？　怪我が治ればそれでいいのよ！

「――……う、ぐっ……」

およそ十秒ほど待つと、死の淵《ふち》にいた彼は小さな呻《うめ》きと共に息を吹き返した。

途端にざわめきは歓声へと変わり、沈んでいた空気もぱっと明るくなる。中のお肉がコンニチハしていた傷口も、手をどければすっかり元の肌色に戻っていた。

「これは、驚いたな……こんな傷まで癒《いや》せるのか」

横で見守っていた叔父さんの細い目が、いつの間にかまんまるに見開かれている。

その隣にいるジュードは、何故か妙に嬉しそう……いや、誇《ほこ》らしげに笑っていた。こらジュード、貴方は何もしてないでしょ。

（……とりあえず、この人はこれで大丈夫ね）

イメージの中の弁を閉じれば、吸い取られていた魔力はピタッと流れを止めた。魔力の残量と回復速度は……よし、問題ない。まだ十分の一も減っていないようだ。

「次の方を」

ふり返って催促《さいそく》した私に、ジュードの叔父さんは何故か満面の笑みで噴き出していた。


私たちが森について、十分ぐらい経つだろうか。幸いにも重傷だったのは最初の一人だけで、他の怪我人は軽い切り傷程度だった。治療もサクサクと終わり、結果、私は人々に囲まれながらお礼ラッシュを浴びている。

私自身のレベルアップも兼ねているんだから、気にしなくてもいいのにね。

「アンジェラ、本当に大丈夫？　こんなに一気に魔法を使って……」

「これぐらいなんともないわ。それより、皆が無事でよかった」

二人目の治療を始めた時から隣に陣取っていたジュードは、治療が終わった後もずっと私の体調を案じている。整った顔に浮かぶのは、顔文字のようにショボンとした情けない表情だ。

もしかして、今更屋敷の使用人としての過保護癖《ぐせ》が出てきたのかしらね。

「お嬢さん、本当に助かったよ。俺からも礼を言わせてくれ」

ジュードの叔父さんも、最初の一人を治療して以降はずっと穏やかな表情で私を見守ってくれている。誰も彼も大げさだわ。……まあ、最初の人は治療が遅れていたら亡くなっていただろうし、今回は少しだけ自分を褒《ほ》めておこうかな。

（……それにしても、この人たちの傷、ちょっと変だったわね）

状況が落ち着いたせいか、治療の時に感じた疑問が頭に蘇《よみがえ》ってくる。ほとんどの人が切り傷を負っていたのだけど、その傷口が微妙に歪《ゆが》んでいたのだ。鋭い爪や刃物でついた傷なら、切り口はスパッと直線になっているはず。

（何かひっかかったような……それこそ、あまり切れないもので切ったとしか思えない）

それがなんなのかまではわからないけど、なんにしても奇妙だ。今は状況が落ち着いているけど、油断しないように――と、そこまで考えたところで、私は固まってしまった。

「……アンジェラ?」

ジュードの心配そうな声が聞こえたけど、ちょっと応《こた》える余裕がない。見つめる先は、彼の背後に広がる森――その奥に、かなり大量の〝赤い色の日本語〟が見えているのだ。

（姿は見えないけど、文字はばっちり読める。これが【暗殺者】の時みたいに敵ネームなら、まだ十体以上の魔物がいるわ……）

浮かんでいるのは独特の禍々《まがまが》しい名前だ。かつてゲームでもよく目にした名前。

「【汚泥《おでい》の牙】と【小枝の悪精《あくせい》】か」

「えっ⁉」

私が口に出した名前に、ジュードから穏やかな雰囲気が消し飛んだ。

腰に差していた片手剣を勢いよく抜いた彼を見て、武器を持たない人たちは一歩後退し、叔父さんたちは森へぐっと身を乗り出す。……臨戦態勢だ。

「アンジェラ、魔物が見えたの？　数はわかる？」

「泥のほうが四体、小枝のほうが六体よ。でも、奥にもっといると思う」

「わかった、ありがとう。危ないから、君は下がってて」

敵影ではなく名前が見えただけなのだけど、叔父さんたちは少し驚きつつもその情報を信じてくれたようだ。二言三言《ふたことみこと》やりとりをした後に、武器を持った人々は森の中へと駆けていく。

ちなみに【汚泥《おでい》の牙】は様々なゲームでお馴染《なじ》みのスライム系の魔物。名前の通り茶色か黒の泥状で、ドロドロしている。【小枝の悪精《あくせい》】はトレントと呼ばれる妖精系の魔物で、木の幹に顔があり、根を足のように使って動く。

どちらもゲームでは序盤に出てくる一番弱い魔物だ。町の人たちの怪我から察するに、多分トレントのほうにやられたと思うんだけど……それにしては、ちょっと妙だ。あの弱い魔物に、大人が数人がかりで苦戦するとは思えない。

（……いや、あのおじさんは群れだと言っていたわね。数が多かったのかも）

そもそも、魔物と戦うこと自体が簡単ではないのかもしれない。プレイヤー視点で物事を考えてしまうのはよくないわ。一般人に戦えなんて、確かに無理な話よね。

（このゲームのスライムの弱点は雷《かみなり》、トレントは火だったわね。雷《かみなり》はともかく、火なら魔法なしでもどうにかできないかしら……難しいかな）

サポート系の魔法しか使えない私は、攻撃の手段を全く持っていない。せっかく弱点を知っていても戦いに活《い》かすことができないなんて、とてももどかしい。

「一体一体は強くないと言っていたし、叔父様たちだけでも大丈夫よね？」

「うん、アンジェラが教えてくれた魔物なら、僕でも倒せるよ。でも、よく魔物の名前なんて知っていたね」

「えっと……神様にいただいた加護の一つでね！　敵性反応を察知できるのよ！」

まさか名前が見えてますとは言えないので適当に誤魔化《ごまか》したのだけど、ジュードは私の答えなど気にもせずに聞き流し、また森を睨《にら》みつけた。

目視できる範囲に魔物はいないけど、赤い名前が消えたり増えたりしているので、叔父さんたちはもう戦闘中のようだ。不謹慎だけど戦える人たちが羨《うらや》ましいわ。

そうして彼らの戦いが終わるのを待っていれば、ぽつりと低い呟《つぶや》きが聞こえた。

「………遅いな」

「遅い？　何が？」

「僕でも倒せる魔物を相手に、叔父上たちが苦戦するとは思えないんだ。多分、数が多いんだと思う。……ねえアンジェラ、僕も加勢してきていいかな？」

うわあ、なんだかフラグが立ちそうな台詞《せりふ》を吐いてくれたわ、この幼馴染《おさななじみ》。まあ、先ほどから武器を構えたままウズウズしていたし、ジュードもまた選ばれし脳筋の一人なんだろう。

悔しいけど、武器を持っていない私はついていくとは言えない。行っても足手まといになるのは目に見えているし。けれど、町の人がわざわざ呼びに来たジュードは、戦力になるはずだ。

（序盤の魔物だし、彼らがささっと倒して終わるわよね）

少しだけ考えてから、小さく頷《うなず》いて返す。途端に剣を構え直した彼は、風のような速さで森の戦場へと駆け出していった。ああ、やっぱり彼も猪《いのしし》タイプの脳筋仲間だったんだわ。

残された私は大人しく町の人たちの輪へと加わる。彼らの武器は農具や木の棍棒などでちょっと頼りないけど、丸腰の私よりは断然マシだ。今は守られておこう。今だけは、ね。

ジュードが叔父さんたちを追いかけていって、またいくらか時間が経った。……今思えば、彼の呟《つぶや》いたあの台詞《せりふ》は、やっぱりフラグだったのだろう。

戦える人間が全員出払って、この場にいるのは町の人と戦えない私だけ。もはや嫌な予感しかしない。そういえば、ジュードの叔父さんも、最初から「嫌な予感がする」とか言っていたわね。ここに辿りついた時から、私が窮地《きゅうち》に陥《おちい》るのは決まっていたというわけか。

（……さて、フラグはフラグでも幸運フラグか死亡フラグか。決めるのは私みたいね）

数メートルほど先。森の端からフラリと現れた黒い影に、私はぐっと唇を噛んだ。

それはパッと見、やや大きめのトレントだった。全長およそ三メートルの動く木。敵ネームでいうなら【小枝の悪精《あくせい》】だ。

小枝なんて呼ばれるように、トレント属の敵では一番弱い魔物。以降は名前とサイズを変えながら進化していく、ゲームでも定番の敵だった。

しかし、この個体は他と違って体色が黒い。

——これがただの亜種ではなく、〝腐食〟なのだと誰が気付けるだろうか。

私にだけ見える赤い敵ネームは、【小枝の悪精《あくせい》】ではなく【寄生種《きせいしゅ》】と表示されている。——こいつはもう、ただのトレントじゃない。

「あの黒い魔物、ホークを襲ったヤツだ……！」

町の人から悲鳴のような声が上がる。ホークさんというのは確か、私が最初に治療した重傷者だ。

トレント属の魔物は、こちらから攻撃をしなければ襲ってこない大人しい個体が多い。それが人間を襲っているというので、人間のほうから攻撃してしまったのかと思っていたのだけど、違ったようね。

（群れがイレギュラーな動きをしたのは【寄生種】が来たからだったのね）

【寄生種】は、何故か別の魔物たちと敵対関係にある特殊なレア魔物だ。傷口が歪《いびつ》だったのも、あいつがやったなら納得だわ。

寄生されたトレントの体は、黒く腐って崩れ始めている。ささくれだった枝で攻撃したから、切れ味が悪かったのだろう。

まさか、こんなところでレア魔物に出くわすとは思わなかったけど、状況はわかったわ。

その上でぶっちゃけよう——相手が悪すぎる!!

「……あの魔物は危険です。皆さん、下がって！」

傷を治療したおかげか、皆は驚きつつも私の言うことを聞いてくれる。しゃにむに立ち向かっていく人はいないだろうけど……さて、どうしたものかしらね。

恐らくどんなゲームにも、ボスじゃないのに厄介な敵というのはいると思う。この【寄生種】は正《まさ》しくそれだ。宿主より遥かに強くなっている上に、本体を攻撃しないとダメージが与えられない。今回の場合、トレントの体である木の部分を攻撃しても全く効かないわけだ。

（ゲームだと体の前面に寄生してるヤツは、まだ倒しやすかったけど）

ざっと見た感じ、前面にそれらしいものはない。恐らく背中に寄生しているタイプだ。なるべく戦いたくない【寄生種】の中でも特に面倒くさい。本当にどうしようか。

「こういう時、スナイパーライフルが欲しいわよね……」

「砂？　な、なんか名案があるんですか!?」

「ごめんなさい、なんでもないです」

ファンタジー世界にそんな最新武器があったら世界観の大崩壊だわ。せめて弓を使える人がいたらよかったんだけど、マタギや狩人《かりゅうど》の方々は叔父さんたちと一緒に森の中へ入っているらしい。

だからどうして全員で突撃するのよ！　私にツッコミをさせるって、君たちの脳は相当マッチョだね‼　もちろん褒《ほ》めてないわよ‼

（誰か一人でもいい。戦える人が戻ってきてくれたら、魔物の背中も狙いやすくなるのに）

残念ながら戦闘の音はかなり遠いし、さっきは見えていた敵ネームも見えなくなっている。彼らが戻るまで、なんとか時間を稼がなければ——と思った矢先、

「お嬢さん、危ない！」

背後から飛んできた誰かの声で、慌てて後ろへ下がった。

直後、私がいた場所に激しい一撃が叩きつけられる。

「……マジか」

【寄生種】が、トレントの枝を手のように使って攻撃を仕掛けてきたのだ。さながら鞭《むち》のようにしならせた、柔軟な動きでこちらを威嚇《いかく》している。しかも、ギザギザとささくれだった、とても切れ味の悪そうな枝だ。絶対に痛い、食らいたくはない。でも——

（目をつけられちゃったか……もう逃げられないわね）

他の人にターゲットが移れば逃げられるだろうけど、あくまで私が助かるだけだ。せっかく治療した町の人にまた怪我をさせたくはないし、そもそも主人公の私が一般人を見捨ててどうするのよ。

「やるしか、ないか……！」

本当はもっと体を鍛えてから戦いたかったけど、こうなってしまったらもう仕方がない。窮地《きゅうち》から始まる物語の主人公は、準備が整っていない状態からいきなり覚醒《かくせい》するものだ。私にも『主人公補正』とやらがあることを信じようじゃないか。

(強化魔法に使う魔力は充分、武器は棍棒を借りるとして……)

「どなたか、火を持っていませんか？」

「ああ、マッチならオレが持ってるぜ。あいつに効くのか？」

「助かります。その辺の枝に点《つ》けて下さい。私の合図で、あの魔物へ投げつけてくれますか？」

こそこそと町の人にお願いすれば、彼は手際よく火を点《つ》けて簡易なたいまつを作ってくれた。

これで囮役《おとり》は確保、後は……とにかく私が全力で走って全力で攻撃するだけ。

(戦い方はゲームと同じよ。ずっとそうやって勝ってきたじゃない。たとえ、この体がもやしのように細いサポート役のものだとしても、動かすのは元廃人プレイヤーの私よ)

「脳筋は脳筋らしく、何も考えずに突っ込めばいいのよ！」

アンジェラになってからどうにも色々と考えてしまいがちだけど、本当の私はそうじゃない。私だって、できることならジュードと一緒に森の戦闘に加わりたかった。だから、こちら側でも戦闘が始まったことは、むしろラッキーだわ。こんなチュートリアルみたいな戦闘で、負けてたまるか！

《Phf#´2＊；~!!》

鳴き声というには奇妙な音を響かせて、【寄生種】が再び長い枝をふりかぶる。

強化魔法は準備完了。少々握りの悪い棍棒を横に構えて――

「投げて!!」

その掛け声と共に、私も走り出す。

四肢に込めた魔力は粒子《りゅうし》を散らしながら、私の体を前へ前へと押し出していく。

そこでタイミングよく、私の頭上を越えたたいまつが黒いトレントの頭に直撃した。

「――ナイス投擲《とうてき》！　いい腕だわ！」

瞬間、枯れ始めの腐った木は勢いよく燃え上がる。

たとえ寄生されていても、トレントの弱点が火であることには変わりない。【寄生種】本体には効かずとも、宿主の体には大ダメージを与えられただろう。

ゲームならこの時点で暴れまわるはずだけど、静かに佇《たたず》む様子がよりいっそう不気味さを感じさせる。ごうごうと激しい音を立てる炎に、ギリギリまで近付いて――

「まずはここッ!!」

素早く腰を落とした私は、スライディングしながら棍棒をふり抜いた。

狙ったのはトレントの足、中でも膝《ひざ》にあたる部分だ。膝《ひざ》があるかどうかは知らないけど！

全速力のフルスイングが、だるま落としのように脚部を抉《えぐ》り砕く。ミシミシと軋《きし》む音を響かせながら、炎にまかれた体はうつぶせに傾いていく。

(見えた!!)

大きな木の背中に、明らかに質感が違う肉の塊《かたまり》が張り付いていた。これが【寄生種】の本体だ。

トレントの体が焼けて死にかけている今、急いで本体を倒さないと別の宿主を探しに逃げてしまう。だが、逃げようとして本体が動く今こそが、最大のチャンスでもある。

「これで、終わりよ!!」

急な運動に悲鳴を上げる体を強引に起こし、今度は棍棒をふり上げる。

筋力強化は腕に集中、全力全開、さあ叩き潰せ!!

「うわあああああああああッッ!!」

殴る、殴る、殴る。ただひたすらに、鈍器を叩きつけて、殴る！

本体が跡形もなくなるまで、二度と動かなくなるまで。

殴る、殴る、殴る――!!

「アンジェラ!!」

駆けつけたジュードの声と、堅い木がへし折れる音がしたのは、ほぼ同時だった。

「……はっ……はっ……はあ」

肺が焼けたように熱い。それなのに、水でもかぶったかのように全身は汗でびしょびしょだ。

ふるっていた棍棒は半《なか》ばでボッキリと折れていて、それを握る手も火傷《やけど》と擦り傷でボロボロ。

おまけにスライディングしたからか、両足の膝《ひざ》から下が擦れて血まみれになっていた。

みっともない、傷だらけの酷《ひど》い姿。――ああ、それでも。

「…………勝った」

砕けた木炭の上で、【寄生種】は完全に潰れて動かなくなっていた。サポート魔法専門の私が、物理攻撃で魔物に勝ったのだ……!!

「はは……やった、勝てたわ！　今の私でも、魔物に殴り勝てたわ!!」

胸の中を歓喜が埋め尽くしていく。

それは本当の意味で、私が目指す『殴り聖職者』の可能性を示した、大きな一歩だった。

＊＊＊

「叔父様、できればこの子、剥《は》がしてもらえませんか？」

「俺は馬に蹴《け》られるのはごめんだからなあ……お嬢さんが生理的に嫌なわけではないのなら、もう少しだけ我慢してやってくれないか？」

「生理的にって……本人の前で言うことではありませんよ、ソレ」

初勝利の余韻《よいん》にひたるヒマもなく、駆けつけた叔父さんと武装した人々によって、森の入り口は一気に慌《あわただ》しくなった。

……というか、何故戦いが終わった直後に出てくるのよ貴方たち。陰から覗いてましたと言わんばかりのタイミングじゃない。もっと早く助っ人に来てくれてもよかったのに。

（まあ、【寄生種】が倒されたことで群れが大人しくなったみたいだから、仕方ないけどね）

それにしても、肝が冷える戦いだったわ。勝てたからよかったけど。

叔父さんたちは、私が倒した魔物の死体を検分し始めている。町の人たちは喜びの表情を浮かべながら、そろって帰り支度を始めている。つまり、この森の脅威は去ったということだろう。

――――でも。

「……ジュード、そろそろ離れてくれない？」

問題は、駆けつけたその足で私にしがみつき、以降ずっと離してくれない幼馴染《おさななじみ》のひっつき虫だ。残念ながら、すでに大人同等の体格である彼を引き剥《は》がすことは難しい。

「ジュード？」

絶妙な力加減で抱き締めたまま、彼は黙りこくっている。声をかける度に、イヤイヤと首を横にふるばかり。何よこれ、遅れてきた反抗期？

「ねえ、あちこち怪我をしてて、結構痛いんだけど。離してくれない？」

「……ッ!!　ごめん!!」

まだ血の乾いていない手で頬をつついたら、ようやく彼は両腕を離してくれた。くっつくなとは言わないけど、もう少し私の状態を気にしてほしかったわ。攻略対象としては、こういう気の利かなさはマイナスポイントだぞ、幼馴染《おさななじみ》よ。

「話があるならちょっと待って。すぐに治療しちゃうから」

何かを言いかけた彼を遮《さえぎ》って、回復魔法を全身にいき渡らせていく。そういえば、回復魔法を自分に使うことはほとんどなかったわね。

お湯につかっているようなポカポカとした力が満ちていき、傷口が閉じていく。戦いの高揚感で誤魔化《ごまか》されていたけど、冷静になれば痛かったのがよくわかった。

数秒ほどで治療は終わり、手足もすっかりきれいになった。回復魔法って便利なものね。

「お待たせジュード。それで、なんの話…………なんで泣いてるの!?」

一通り治ったことを確かめてから向き直ると、ジュードは何故か泣いていた。

私から視線をそらすことなく、しかし何かを訴えることもなく。無言で突っ立ったまま、ぽろぽろと涙をこぼしている。

「ど、どうしたの？　どこか痛い？　魔法使う？」

「……違う。僕は、どこも……何も……」

小さい子に話しかけるように聞いてみれば、彼は首を横にふって、それからまた私の体を抱き締めた。さっきよりも少しだけ強く。

(元凶は私のほうに来たんだし、他に強い魔物はいなかったはずよね？　森の中へ行っていた人たちは、全員無傷で帰ってきたし。ジュードにも怪我はなさそうだし)

それなのに、どうして彼が泣くのかわからない。まさか、今回のボス的な魔物を私が倒してしまったから、とかじゃないだろうし。

「ねえ、貴方が泣く理由がわからないわ。何があったの？」

「……ごめんなさい」

背中をついて再度訊《たず》ねてみれば、か細い声での謝罪と共にゆっくりと彼が顔を上げた。眉尻を下げて、私にすがるようにしながら涙をこぼす彼は、珍しく年相応の少年に見える。

鼻は真っ赤だし、キリッとした形の黒眼も、涙に濡れてまんまるだ。……彼のこんな顔は初めて見たかもしれない。

「謝られる理由もわからないいんだけど、それは何に対する謝罪？」

「僕がアンジェラから離れたせいで、君を戦わせてしまった。それに怪我も。守ると決めたのに、肝心なところで役に立たなくて……全部、僕のせいだ」

「いや、魔物のせいでしょう」

なんでジュードのせいなのよ。私は護衛を頼んだ覚えはないし、彼を責めるつもりもない。だって、もしアンジェラではなく戦えるディアナだったなら、私も森の中へついていったしね。

「貴方が悪いなんて全く思っていないわ。泣くほど気にすること？」

「だって、自分が恥ずかしくて。君に少しでもいいところを見せたかったのに、そのせいで君を危険にさらしてしまったんだ。ごめん、本当にごめんアンジェラ……」

「……ああ」

……なんだ。そうだったのか。体も大きいし、妙に大人っぽくふるまってたから気付かなかった。ジュードもちゃんと、中身は年相応の少年だったのね。

(泣いている理由は、悔しいからか)

思春期の少年だと思えば、情緒が不安定なのも納得できる。今の彼はまだ十四歳だもの。中身はお姉さんである私が気付いてあげなきゃいけなかったわね。

「ごめん、アンジェラ……もう怪我はさせない。二度と君から離れたりしない……好きじゃなくてもいいから、僕を嫌いにならないで」

「……バカね、貴方を嫌いになるつもりなんて最初からないわよ。こんなことで嫌いになるような狭量《きょうりょう》な人間だと思ってたの？」

「だって僕、すっごい格好悪いし、情けない」

「確かに格好悪いわね。でも、いいんじゃない？　最初から完璧だったら気持ち悪いし、伸びしろがあるほうが将来に期待できるわよ」

なんとか腕を伸ばして後頭部を撫《な》でてあげれば、すんと鼻を鳴らした彼は、私を抱く腕に力を込める。……なんだか大きな犬みたいね。

「私だってみっともない勝ち方だったし。でも、私たちはちゃんと戦えたわ。次はお互い、格好良い勝利を目指して頑張りましょう。私は貴方に隣にいてほしいって言ったはずよ、ジュード。後ろに控えろとは言っていないし、前に立てとも言わないわ」

「うん……うん、もっと強くなるよ。次は君の隣で戦う。……強くなる、必ず」

強い決意が涙と共に私の耳に落ちてくる。大丈夫、私たちはまだまだこれからだ。今は少しぐらい格好悪くたって、きっともっと強くなっていけるはずだわ。これからも、仲間として共に。

嗚咽《おえつ》を堪《こら》える彼を慰《なぐさ》めるように、もう一度だけ後頭部をそっと撫《な》でた。

＊　＊　＊

初勝利から一夜明けた今日。もはや見慣れた木造の宿舎で、私は元気に朝を迎えた。

実は昨日は掃除を放り出してジュードについていってしまったのだけど、特にお咎《とが》めもなく済ませてもらえている。というのも、どうやらジュードの叔父さんはこの辺りの自警団などをまとめている人だったらしく、私が帰る前に教会の皆に説明しておいてくれたそうだ。

とはいえ、教会の皆はとても心配してくれて、そういう意味では少し怒られてしまったのだけど。他には問題もなく、今日も平和に一日を始められそうだ。

「昨日は途中で放り出しちゃったし、筋トレ……もとい掃除をちゃんとやらなきゃね」

もう着慣れた修道服に袖《そで》を通して、朝の礼拝の準備に向かう。お嬢様をやってた頃より起床時間はずいぶん早くなったけど、人の手を借りなければ着替えもできない生活よりは、教会での暮らしのほうが私の性《しょう》には合っている。

いつも通りに何ごともなく。そういう一日になると思っていたのに——礼拝の準備を終えてから向かった食堂で聞かされたのは、思いもよらぬことだった。

「……聖女様？　えっと、私がですか？」

「そうよ。昨日の魔物の襲撃に居合わせた町の人たちが、貴女をそう呼び始めたみたい」

私に話してくれた年かさのシスターは、心なしか嬉しそうに言った。

ゲームのアンジェラ編を全くプレイしなかった私は、アンジェラがいつから『聖女』と呼ばれていたのかは知らない。でもまさか、たった十二歳でそう呼ばれるとは予想外だった。

（いや、今回のはただのあだ名だろうけどね）

神聖教会は、まだ私を『聖女』と認めてはいない。そもそも、それがどういう立場なのか、また誰に命名されるものなのかも、私は知らないからね。

ただ少なくとも、今回あだ名がついたことと正式な命名は絶対に関係ないと思う。

何故なら、町の人が私を聖女と呼ぶその理由は『己の身が傷付くこともいとわず、人々のために勇敢に戦った少女』だからだ。

――そう、理由が癒《いや》しじゃなく戦闘のほうなのよね!!

呼ばれるとしたら『癒《いや》しの聖女様』だとばかり思っていたのに、まさかの敵をフルスイングしたほうで賞賛されちゃったわけだ。

「これはもう、世界が私に拳《こぶし》で勝利を掴《つか》めと言っているのよね！」

「僕としては、アンジェラには殴るんじゃなくて優しく触れてほしいなあ……」

いつの間にか隣にいたジュードが苦笑と共にツッコミを入れてくる。宿舎の一部であるここは教会で働く人用の食堂なのだけど、私の従者でもある彼はその辺りフリーパスらしい。

昨日泣いたことでスッキリしたのか、今日の彼はいつも通りの爽《さわ》やかな好青年だ。

「おはようジュード。期待されているのなら、私は全身全霊で応《こた》えるわよ」

「おはようアンジェラ。君は今でも充分期待に応《こた》えていると思うよ。でも、その献身を神聖視して利用されるのは、なんだか嫌だな」

「……難しく考えすぎじゃないかしら」

ただのあだ名だというのに、ジュードは私が聖女と呼ばれるのが嫌なようだ。元々キツい顔立ちをさらに鋭くして、話をしてくれたシスターを睨《にら》むように見ている。

別に私だって、自分を犠牲にするつもりなぞ毛頭ない。昨日は緊急事態だったから、仕方なく多少の無理をしただけだ。逆に、あんな状況でも戦えることが証明されたのは大きい。

（強化魔法の精度を高めて、折れない武器を入手できれば、私は戦えるってことだもの）

しかも、人々もそれを望んでいるときた。これはもう、今後は戦いに生きるべきよね。

残念ながら剣は持てないけど、聖職者用の武器なら支給してもらえるかもしれない。

「戦う聖女様か……薔薇色《ばらいろ》の未来が見えるわね！」

「血の色の間違いじゃなければいいけど。……はあ、やっぱり僕は言いたくないなあ」

うっとりしながら人生計画を立てる私に、ジュードは疲れた様子でため息をこぼす。

「あら、今度は何があったの？」

昨日の一件は教会ではお咎《とが》めなく済ませてもらえたけど、ジュードのほうでは何かあったのだろうか。

訊《たず》ねてみれば、渋々《しぶしぶ》といった様子で彼は言う。

「……いや実はさ、叔父上からアンジェラあてに言伝《ことづて》を預かっているんだ」

ジュードの叔父さんは、自警団の関係者だと聞いたばかりだ。しかし、この町は基本的には平和だし、人間同士のいざこざなら国の公安機関だけで充分に足りている。となれば、自警団の仕事は恐らく一つだけ。

「……もしかして、私にも魔物と戦ってほしいってことかしら？」

「察しがいいね。簡単に言うとそういうことになるのかな。手が空いている時だけでいいから、襲撃があった時は協力してほしいんだってさ」

ジュードいわく、最近は各地で魔物の動きが活発になってきているらしい。今はまだ大した被害は出ていないものの、この町でも対策を始めているんだとか。

……そういえば、領主たる私の父も近頃忙しそうだと教会の神官長様が言っていた気がする。手紙のやりとりは禁止されていないし、今度私も父に確認してみるべきかもしれない。

（そうか、魔物の被害がもう出ているのね）

やっぱりこの世界も、ゲームと同じ状況になろうとしているみたいね。魔物の大量発生による世界の危機。被害を食い止め、世界を救うのがゲームの目的だった。

（……魔物、か）

この魔物という敵も、かなり謎の多い存在だ。ヤツらは様々な形や特性、種類があるにもかかわらず、雌雄《しゆう》がなく生殖活動が一切見られない。

それどころか、体には内臓が一つも入っておらず、何も食べないのだ。もちろん襲った人間も殺すだけで食べない。とても生き物とは思えない体のつくりなのに、群れを作ったり巣があったりと、まるで〝他の生き物を模倣《もほう》するように〟動いている。……実に不可思議な存在だ。

確かなことは、遭遇すると襲ってくること。そして、放っておくと数が増えること。

(ゲームの時の仕組みは知っているけど、この世界でも同じなのかしら?)

今のところだいたい同じように見えるけど、まだ断言はできない。なんにせよ、この世界でも戦いの日が近付いてきているのは確かだろう。

「叔父上は回復役として協力してもらいたいみたいだよ。でも、もし君が戦えるのなら、多分そっちも求められると思う。……どうする? 今なら断れるよ」

「そんなの、協力するに決まってるじゃない。教会での勉強やお勤めも大事だけど、魔物はなんとかしないと町の人の命にかかわるわ。数が増えているのならなおさらよ」

「……君ならそう言うと思ったから伝えたくなかったんだけどね。わかった、叔父上には返事をしておくよ。危険な場所へ君を連れていきたくはないけど――いや」

残念そうに眉を下げたジュードだけれど、ゆるりと首を横にふった。

そして、まっすぐに私を見返すと、強い決意を秘めた目で笑う。

「……僕が強くなれば問題ないね。今度こそ君を守るよ、アンジェラ」

「ええ、期待してるわ」

どうやら昨日の戦いは私だけでなく、彼の心構えも変えたみたいだ。これから先も仲間として共に戦っていく予定だし、頼もしい限りだわ。

「そうと決まれば、まずは神官長様にお勤めを途中で抜ける許可をもらわなくちゃ！

それに、私の武器も頼まないといけないわね」

「気が早いよアンジェラ。まだ呼ばれたわけでもないんだし」

「襲撃が起こってからじゃ遅いのよ！　魔物は頼んでも止まらないんだからね！」

「なんでそんなに血の気が多いの君」

早速戦いへ向けて動こうとした私に、ジュードが穏やかな苦笑を浮かべる。こうやって平和に笑っていられるのも、あとどれぐらいだろう。

(ゲームの時のような世界の危機が訪れても、私はもう止まらないわよ)

だって戦う聖女様を、皆も望んでくれているんだもの。これからきっと忙しくなる。

だけど、私は止まらず、前を向いて戦っていかなくちゃね！

STAGE4　脳筋聖女の出陣

「アンジェラ、そっち行ける!?」

「任せて！」

土煙の立ち込める荒野に、鋭い声が響く。

ジュードの刃を間一髪《かんいっぱつ》で避けた一体の魔物が、勢いのままに突っ込んでくるのを捉《とら》えて——他の個体を屠《ほふ》ったばかりの〝相棒〟を、ゆらりとふり上げる。

「これで、終わりよ!!」

空気を切る重い音が聞こえた直後、地面は薄氷《はくひょう》のように砕け散り、大きく抉《えぐ》られていく。鋼鉄の鎧《よろい》すら砕く一撃だ。直撃すれば原形など残るはずもない。

「——よしっ！」

残骸《ざんがい》と呼ぶには少なすぎる肉片と化した敵を最後に、本日の魔物討伐は無事に終了した。

「二人ともお疲れ様！　いやあ、聞きしに勝《まさ》る勇猛ぶりだな。助かったよ！」

「いえ、無事に終わってホッとしました」

戦場から少し離れた岩陰。大型の革テントを張った移動式キャンプへ戻ると、髭面《ひげづら》のいかつい壮年男性が満面の笑みで私たちを迎えてくれた。私たちの町から街道沿いに馬で二時間。道を少し外れた荒野に駐屯《ちゅうとん》している、魔物討伐部隊の隊長さんだ。

つい数日前までは立つこともできないほどの重傷者だったのだけど、今は怪我はもちろんのこと貧血からも回復したらしい。筋肉質な腕を伸ばし、ばしばしとジュードの肩を叩いている。

「隊長さん、具合はいかがですか？」

「おお、お嬢さんのおかげですっかり元気だぜ！　他の連中が『聖女様』なんて呼ぶ意味がよくわかったよ。アンタは命の恩人だ。本当にありがとう!!」

さすがに私を叩くのは控えてくれたけど、笑っているのに目はしっとりとうるんでいる。とりあえず、彼も含めここの部隊はもう大丈夫そうね。

さてさて脳筋聖女の私、アンジェラ・ローズヴェルトは十六歳になりました。

魔物との初戦闘から早《はや》数年、今日も元気に『戦う聖女様』として戦場を駆け巡っておりますよ。

……いやはや、あれからの日々は風というか突風のようにすぎ去っていったわ。

ジュードの叔父さんに乞われた通り、私はあの一件以降、彼らに協力して魔物と戦うことになったのだけど、世界は思ったよりもとっくに荒れていたらしい。

日ごと増えゆく出撃要請。魔物はどんどん強くなっていくし、怪我人も増える一方。最初こそ私が戦場へ近付くことをジュードも心配していたけど、途中からは彼もそんなことを言っていられなくなり、私が十三歳になる頃には本格的に戦闘員として出動要請されるようになっていた。

かつて願った通りの、正真正銘『戦う聖女様』だ。

(……とはいえ、状況は全く軽くないんだけどね)

奇襲からの急な戦闘なんてザラだし、予想外の強敵もガンガン出てくる。こっちがチートだからって、敵までハードモードになる必要ないと思うんだけど！　むしろ、転生者ってやりたい放題できると思っていたのに、現実は無情すぎませんかね神様!?

(逆に言えば、この世界がこんなんだからこそ、私がチートなのかもしれないわね)

敵の弱点を知り尽くし、無詠唱で魔法を使い放題な私が〝手応えがある〟と感じてしまうような状況。この世界は難度が高すぎるのだ。加護をもらっていなければ、もう死んでいたかもしれない。今からこんな状況で、この先一体どうなってしまうのだろう。

「……ふう。隊長さん元気になったのはいいけど、あの馬鹿力でバシバシ叩かないでほしいな」

ぼんやりと考えていれば、隊長さんのハグから逃げてきたジュードが隣に並んだ。昔から変わらない、穏やかな微笑みを浮かべて。

「お疲れ様ジュード。怪我はない？」

「僕は大丈夫。アンジェラもお疲れ様。最後のあれ、助かったよ」

この理不尽な世界で私とずっと一緒に戦ってきた彼も、今ではすっかり歴戦の勇士に育っている。かつてゲームで見た時よりも背は高くなり、百八十センチを軽く超える長身だ。

確かゲームの彼は全身を黒い鎧《よろい》で固めていたはずなのだけど、現実のジュードは肩や胸に革の防具をつける程度の軽装だ。筋肉が絶妙なバランスでついたボディラインがよく映《は》える。

彫りの深い美しい顔立ちに、艶《つや》やかな黒髪。肌の露出はほとんどないのに、彼から溢《あふ》れる壮絶な色香は、『悪魔』の呼称を肯定したくなるほど日々女性を虜《とりこ》にしてやまない。

さすがは乙女ゲームの攻略対象。そのイケメン具合は、もはや次元が違う。

……もっとも、彼が死に物狂いで強くなってきたのを隣で見ているので、『攻略対象なら当たり前』なんて軽く評価するつもりはないけどね。

「ここはもう大丈夫そうかな？」

「そうね、少なくとも【豪腕の小鬼】はしばらく出ないと思うわ。ジュードが倒してくれた赤いヤツが、あの群れの長《おさ》だったから」

先ほど私たちが戦っていたのは、ゴブリンなどと呼ばれる人型の魔物だ。人型とは言っても、二足歩行なだけの醜悪《しゅうあく》な魔物にもちろん容赦はしない。

【豪腕の】とつく個体はなかなか強敵で、進化前の【小鬼】と比べて背が高く、特に両腕が大きく育っている。それが百体以上の大きな群れで襲撃を仕掛けてきたのだ。

一体ずつなら倒せても、予想外の数が一気に現れたので、討伐部隊もかなりの損害をこうむったらしい。

二日前からこの部隊に加勢した私がジュードと共になんとか数を減らし、先ほどの戦いでようやく全てのゴブリンを倒すことができた。

【小鬼】という名前なのに、豪腕型は成人男性並みにデカイので、倒すのも大変だったわ。まあ、今回の戦いでもほとんど怪我をしなかったのだから、私もジュードも自分で思っている以上に強くなっているのだろうけどね！

それから少し休憩をして、私たちは惜しまれつつも討伐部隊のキャンプを後にした。

どうにも馬にはうまく乗れないので、一頭にジュードと二人乗りしている。もちろん、私の〝相棒〟の重さなども考えて、馬に強化魔法をかけるのも忘れない。

「町まで二時間ぐらいか……つく頃には、夜になっちゃうかしら？」

「そうだね、日は暮れちゃうかも。アンジェラは寝ててもいいよ？　ほら、もっと背中倒して」

「結構よ。……というか、あんまり近付かないでくれる!?」

私を支える腕に力を込めたジュードを、なんとか肘《ひじ》で牽制《けんせい》する。

別に今更彼を意識しているとかそういうことではなく——二日前から戦いっぱなしだったので、お風呂に入《はい》れていないのだ。

この世界は日本ほどではないものの、それなりにお風呂の習慣が浸透している。水道設備は他のインフラより整っているし、『禊《みそぎ》』の意味で入浴を重んじている教会では、毎日湯浴みができたのだ。

戦っている間は汗なんて気にしないし、敵を倒すことを第一に動くけど、それが終われば話は別。戦場で三日も着たきりの服や靴が匂わないわけがないのよね。

「どうして？　僕、何かしたかな？」

「ひいっ⁉」

そんな私の心配など知らず、彼が私の側頭部に頬をすり寄せる。囁《ささや》く声は低く甘く、かつてゲームで聞いていたものと同じ美声だ。

「お風呂に入《はい》れてないの知ってるでしょう⁉　私のなけなしの女子力を無視しないで！」

「そんなの僕も同じだし、気にしなくても。……アンジェラはいつもいい匂いだよ？」

「ぎゃー‼　嗅《か》ぐな嗅《か》ぐな‼」

「あっはっはっは」

戦闘時よりも大きな声を上げる私をからかいながら、彼は馬を走らせる。

慌《あわただ》しくも充実した毎日。戦いの中で色んな人々と繋がりながら、今日も日は落ちていく。

＊　＊　＊

「おーい！　聖女様とその騎士のご帰還だぞ！」

地平線に日が沈む直前の、真っ赤な空の下。二日ぶりに戻った町では、私たちの姿を捉《とら》えた人たちが大きな歓声を上げていた。まるで英雄の凱旋《がいせん》だなと思いつつも、ここ最近は毎回こんな感じだったので、ジュードも慣れた様子で手をふっている。

石造りの門が開かれた先には、ちょうどジュードの叔父さんが様子を見に来ていたようだ。

「二人ともお疲れ。駐屯《ちゅうとん》部隊は大丈夫だったか？」

「ただいま戻りました叔父上。群れの長《おさ》は倒せたので、しばらくは大丈夫だと思います」

見張り役の人にもその旨《むね》を伝えれば、ホッとした表情で持ち場へ戻っていく。

数年前にはこんな門はなかったのだけど、魔物が増えたせいで町の周りには削った石を積んだ外壁が立てられ、こうして皆で警戒しなければならなくなってしまっている。

今回だって、馬で少し行ったところまで魔物の大群が攻めてきていたのだ。やはりこの世界は、アクションゲームの舞台に相応《ふさわ》しいほど荒れてしまっているのだろう。

「疲れてるところ悪いが、お嬢さんは急いで教会に戻ったほうがいいぞ。客人が来ていると聞いたからな」

「お客様？　それは、私にですか？」

「そうらしい。……と、言ってるそばからお迎えが来たな。ジュード、早く送ってやれ」

私たちの無事を確認した叔父さんは、くいっと顎《あご》をしゃくる。後ろをふり向けば、見慣れた初老の男性……お世話になっている教会の神官長様が、困惑した様子でこちらを見ていた。

「ただいま帰還いたしました。お待たせしてしまいましたか？」

「いいえ、無事で何よりですアンジェラ。疲れているところ申し訳ないのですが、実は王都のほうから貴女にお客様がいらしているのです」

「……王都から？」

そう反応したのは背後のジュードだ。やや身構えた様子の彼に対し、私はハッと自分の歳を思い出す。

今の年齢は十六歳。ゲームのアンジェラもそれぐらいの歳の少女だった気がする。だとしたら、王都からの客人は〝彼〟の使者かもしれない。

「それから、ジュード・オルグレンさん。お客様は貴方にも用があるそうなのです。申し訳ないのですが、ご同行いただけますか？」

「え、僕もですか？」

――ああ、間違いないわね。

目を見開いたジュードは、身に覚えがないと困惑気味だ。そりゃそうだろう。

教会に預けられて以降、魔物の討伐以外ではほとんど町から出ない私たちに、遠く離れた王都の知り合いなどいるはずがないのだから。

　この町は平和で暮らしやすいところだけど、決して都会ではない。どちらかと言えば田舎《いなか》だ。そこでどんなに有名でも、全国的な知名度はないに等しい。

（それでも私たちを見つけてくる辺り、〝彼〟はずいぶんと熱心に情報を集めていたのね）

　もしかしたら、私たちが自分で思う以上に有名になっていたのかもしれないけど。なんにしても、〝彼〟が動いてくれたのなら、それに乗らない理由もないわ。

「わかりました。ですが、戦場帰りの格好でお会いするのは失礼だと思います。せめて身なりを整える時間をいただきたいのですが……至急のお話でしょうか？」

「貴女たちが魔物の討伐へ行っていることは、お客様にも伝えてあります。それぐらいの準備は許して下さるでしょう。ジュードさんも、修道服でよければお貸ししますよ」

「お気遣いありがとうございます。ですが、血のついた剣を持ったまま教会にお邪魔するのも失礼ですし、僕は自宅で身なりを整えてから伺《うかが》います。アンジェラ、僕が合流するまで待っててくれる？　なるべく急ぐから」

「了解。また後でね」

　門から教会へは歩いていける距離だけど、ジュードの家は少し遠いところにある。私が下りたことで身軽になった馬を走らせた彼は、そのまま風のように去っていった。

「私たちも急ぎましょうか。ちなみに、ご用件については何か聞いてます？」

「いいえ、私たちは何も。ただ、重要なお話だとおっしゃっていましたよ。格好や話し方から、恐らく騎士の任についている方のように見受けられました」

「……騎士様ですか」

ディアナ編では彼女自身も騎士だったので、最初の呼び出しは上司からだった。さすがに攻略対象である〝彼〟が直々《じきじき》に来るとは思わないけど、アンジェラ編はどんな感じなのだろう。

（多分、強引に徴兵《ちょうへい》されるか、頭を下げられるかの二択よね。指揮官があの〝彼〟なら、乱暴な手段はとらないと思うけど。一応用心はしておこうかしら）

足早に歩けば教会までは十分から十五分程度だ。特に障害もなく仮の我が家へ辿りつくと、敷地の隅に見慣れない大型の馬車が二台も停まっていた。

馬は厩舎《きゅうしゃ》のほうに預けられているようだけど、恐らく二頭立てで、馬車自体も四輪。装飾こそシンプルだが、この辺りで見かけるものよりもずいぶん大きくて立派だ。馬車を用意した人物は、間違いなくお金持ちだろう。

（王家の紋章でも入っていれば一発でわかるけど、さすがにそんなわかりやすいものはないか）

観察していたら、神官長様に咳払《せきばら》いされてしまったので、慌てて宿舎へ向かって走り出す。湯浴みがしたくて仕方なかったけど、長風呂を楽しんでいる場合ではなさそうね。

……相手が〝彼〟だと決まったわけではないけど、主人公らしく気合いを入れていきましょうか。

＊　＊　＊

手早く身支度を整え、合流したジュードと共に案内されたのは、教会の応接室。質素倹約を掲《かか》げる地味な建物だけど、この部屋だけは他よりもお金をかけているようだ。毛足の長い絨毯《じゅうたん》や革張りのソファなんて、ずいぶん久しぶりに見たわ。

その落ち着いた雰囲気の部屋に似合う客人は、神官長様が言った通り王国の騎士だった。

見覚えのない三十歳前後の男性が三名。藍色《あいいろ》の上着にはこの辺りでは見ない金の刺繍《ししゅう》が入っており、姿勢もきれいだ。やはり〝彼〟の使者である可能性が高いわね。

「お待たせして申し訳ございません。アンジェラ・ローズヴェルトと申します」

「ジュード・オルグレンです」

すでに忘れかけた淑女《しゅくじょ》の礼をそれっぽくこなして、ぺこりと頭を下げる。ジュードは彼らを警戒しているのか、会釈《えしゃく》のような軽い礼だけをとった。騎士たちはそれを咎《とが》めることもなく、じっと私たちを見つめている。

（…………あれ？）

何かしら返事がくると思って構えていたのだけど、騎士たちはまだこちらを見つめたまま……いや、そろってポカンと呆《ほう》けてしまっていた。身支度は急いで済ませたし、それほど長時間待たせたわけでもないはずだ。もしかして、礼のやり方が間違っていたのだろうか。いや、それならジュードなんて会釈《えしゃく》しかしていないし。

「…………あの？　何か？」

「はっ!?　し、失礼いたしました！　お目にかかれて光栄です！」

恐る恐る声をかけてみれば、リーダーと思《おぼ》しき騎士がハッとした様子で頭を下げ、他の二人も慌てて続いた。騎士の割にはどこか抜けているようだけど、大丈夫なのかしら。

「……あまりジロジロ見ないでいただけるか」

「も、申し訳ない……」

ジュードはジュードで妙に不機嫌そうだ。ギロリと彼らをひと睨《にら》みすると、私の手を引き、何も聞かずに向かいのソファに腰を下ろしてしまう。

「ちょっとジュード！　……すみません、席につかせていただいても？」

「はい、ぜひ！」

仕方がないので許可だけはもらっておく。エイムズと名乗ったリーダー的な人は、もう一度「失礼いたしました」と口にすると、場を仕切り直すようにスッと姿勢を正した。

「予告もなく突然の訪問、誠に申し訳ございません。我々は王国の騎士団に籍を置くものです。此度《こたび》はエルドレッド殿下の指示により、貴方がたをお迎えにあがりました」

「エルドレッド……第三王子殿下ですか？」

「はい、そうです。こちらを」

突然出た王族の名前にジュードが目を瞬《またた》かせる。それに応《こた》えるように、エイムズさんは懐《ふところ》から白地の封筒を取り出して、中央にある紫檀《したん》の円卓へ大切そうに置いた。

同じデザインのものが二通。パッと見ただけでも上質なものとわかるソレには、国民ならば大抵知っているウィッシュボーン王家の封蝋《ふうろう》が押されている。

差出人はエイムズさんの言う通り、三番目の王子であるエルドレッド殿下。彼は若くして軍務を取り仕切る実力者だと聞いている。

「……拝見いたします」

騎士たちはご丁寧にペーパーナイフも用意してくれていたので、彼らにも見えるように封を切って、中身を取り出す。

封筒とそろいの上質紙には、以下のようなことが記載されていた。

エルドレッド殿下を長として、新たに魔物の調査・討伐を担《にな》う部隊を設立することになったらしい。魔物による被害が増えて、各地の公安機関や警備隊だけでは対処が追いつかなくなってきたからだろう。

まずは少数精鋭での第一調査部隊を組む予定で、この手紙の受け取り手はそのメンバーに選ばれたということ。国内でも特に被害の大きな地域へ赴《おもむ》く予定であること。

その他、やたら額の大きな報酬などについてもつらつらと書かれているけど、要は新設部隊の活動に協力してくれという、お誘いという名の徴兵令《ちょうへいれい》だ。

――かつて私がプレイしていた、あのゲームの部隊を再現するための。

文末には達筆なサインと仰々《ぎょうぎょう》しい印が押されており、偽物の可能性はかなり低い。

「これ、は……」

一通り読み終わったジュードは、眉間《みけん》に深い皺《しわ》を刻みながら困惑している。

まあ無理もない。地方で暮らす私たちに、いきなり中央政府の要《かなめ》たる王族から手紙がくるなんて、夢にも思わなかっただろう。私のほうをチラチラと窺《うかが》いながら、言葉を探しているようだ。

「お二人のご活躍は、王都の我々の耳にも届いております。貴方がたは正《まさ》しくこの国の希望。我ら戦いに身を置く者はもちろん、全ての国民が期待しております。何とぞ、前向きにご検討いただきたく――」

「わかりました、参加します」

「はい、ぜひに…………………はいっ⁉」

悩むことでもなかったので即答したら、途端にエイムズさんが素《す》っ頓狂《とんきょう》な声を上げた。彼の両隣に座る騎士たちも、ジュードすらも同じような驚き顔で固まっている。

え、なんで？

「ええ⁉　あ、あの、即決ですか⁉　いえ、我々としては大変ありがたいのですが……」

「尊《とうと》い方から直々《じきじき》にご指名をいただいて、断るわけには参りません。何より、この件を憂《うれ》えているのは私も同じです。国の危機に、神に仕える私が動かない理由がありますか？」

どうやら彼らは渋る私を説得するつもりでいたようだが、こちらは『自覚のある主人公』である。どうせここで断っても、最終的には参加することになるんだろうし。それなら、面倒な話し合いなぞ割愛《かつあい》して、敵を倒すことに集中すべきでしょ。

……ということをいかにもそれっぽく言ってみたら、騎士たちは目を輝かせ、胸元で手を組んだ。「聖女様……！」とか呟《つぶや》きが聞こえた気がしたが、放っておこう。

「……それでいいの？　アンジェラ」

隣に座るジュードは納得がいかないようだ。眉間《みけん》の皺《しわ》をより深くしながら、じっと私を見つめてくる。どうせ断ったって無駄よ、と言ってもいいのだけど。

「……ねえ、ジュードは覚えているかしら。私がまだお屋敷にいた頃、主《しゅ》から天啓を賜《たまわ》ったと言ったのを」

「ああ、聞いたよ。僕もあの時、部屋の隅に控えていたから」

「来《きた》るべき戦いの時……恐らく、あれはこのことを指していると思うの」

「……なんだって？」

ジュードの声がいっそう低くなった。

何故か騎士たちも、興味深そうに聞き耳を立てている。

「難しい言い回しだったから正確には覚えていないのだけど、主《しゅ》は尊《とうと》い血筋のもとに集《つど》えというようなことをおっしゃっていたの。そこに信頼できる仲間が集まるから、共に戦い、この世から混沌《こんとん》を払うように、と。〝尊《とうと》い血筋〟とは、恐らくエルドレッド殿下のことだと思うわ」

「それは……確かに」

すみません神様、また貴方の言葉を捏造《ねつぞう》しました。

いや、でも、これが正しいと思うのよね。この町で戦い続けても所詮《しょせん》一時しのぎにしかならない。どこかで戦力を整えて、こちらから打って出なければ魔物の大量発生は解決しないのだ。

王子様の招集を無視したところで、状況は何も変わらない。それなら、彼が地位と権力で集めてくれた精鋭たちと協力したほうがいいに決まっている。

「…………わかった。君と共に生きると決めた心を違《たが》えるつもりはない。アンジェラが行くのなら、僕も行くよ」

たっぷりとため息をついてから、ジュードは不機嫌な表情のままで頷《うなず》いた。

お使いの騎士たちは飛び上がりそうなほどに喜んでいる。

「ほ、本当ですか！　ありがとうございます!!」

「……本当は嫌なら、来なくてもいいのよ？」

「アンジェラ、あのね？」

一応ジュードの意思を確認してみると、彼は心底嫌そうに騎士たちを一瞥《いちべつ》してから、私の耳元に唇を寄せた。

「僕は王子様も世界平和もどうでもいいんだ。君のために戦い、君のために生きる。それは昔から変わらないし、変えるつもりもない。覚えておいて？」

「……とても正義の味方の台詞《せりふ》じゃないわよ？」

「そんなものになる気はないよ。知ってるだろう？　僕は『悪魔』だよ」

熱い吐息を残して彼の顔が離れていく。私を見つめる黒眼には、真摯《しんし》な決意と深い愛情が満ちていた。今の台詞《せりふ》は嘘ではない。彼の本心だろう。

（昔は人と違う外見を気にしていたのに、いつからこんな強《したた》かな男になってしまったのかしらね）

何はともあれ、これでゲームの主人公と同じ立場になれたわ。名実共に『戦う聖女様』となった私は、今まで以上に戦場を駆け巡ることになるだろう。

（まだ見ぬ強敵やボス魔物も、この新生アンジェラが全て倒してやろうじゃない）

隣には信頼できる仲間……と呼ぶには少々過保護な幼馴染《おさななじみ》がいる。けれど、ゲームが始まるというのなら、元廃人プレイヤーの私は攻略し尽くすまで！

まあ、私の人生に肝心の乙女ゲーム要素は実装されてないけどね！

＊＊＊

騎士たちと話し合いをした夜から丸一日準備の時間をもらい、いよいよ今朝、私とジュードは町を旅立つことになった。

準備といっても、持ち物は武器と着替えと少しのお金だけだ。この旅路での必要経費は、全て向こうが用意してくれるらしい。お嬢様の時ならお小遣いもあったけど、今の私は清貧《せいひん》を尊《たっと》ぶ教会暮らし。正直とても助かったわ。ありがとう、お金持ちの王子様！

「忘れものなし。武器は……いけるかしらコレ」

いつもの修道服を整え、〝相棒〟を背負おうとして――ふと思い立ってやめる。馬車の座席にそっと載せてみれば、木が軋《きし》む嫌な音が聞こえた。あ、これはダメそうだ。

いつも魔法で体を強化しているから忘れてしまうのだけど、実は私自身よりも武器のほうがずっと重い。そのまま載せたら馬車の床板なんてすぐに抜けてしまうだろう。

「覚えておいてよかった……軽量化の魔法っと」

普段はあんまり使わないサポート魔法を唱えると、途端に相棒は木の枝程度の重さになった。これなら座席の隣に立てかけておいても大丈夫だろう。

一部始終を見ていた騎士の一人が青い顔をしていたけど、今更だよお兄さん。戦闘になったらこの相棒をふり回すから、乞うご期待ってね。

「アンジェラ、僕もこっちに乗るけどいい？」

「いいわよ。私の武器は邪魔かしら？」

「向かいに座るから平気だよ。これから長旅になるんだ。何があるかわからないし、武器は肌身離さず持っていたほうがいい」

いつの間にか馬車の近くにいたジュードが、苦笑しながら腰に差したままの愛剣を見せてくれた。そういえば、王都までは順調にいっても十日以上かかると聞いた。

せいぜい数時間のお出かけしかしたことのない私にとっては、人生で初めての長旅になる。何が起こるかわからない以上、やっぱり備えは大事よね。

ちなみに、私たちが乗っている馬車は先日教会の前に停まっていたものだ。予想通り二頭立ての立派なもので、私とジュードが一台ずつ使えるように二台用意してくれたらしい。ただ、ジュードは私と一緒に乗るようなので、もう一台は荷物用に使われている。

御者《ぎょしゃ》は同行しておらず、騎士たちが交代しながら運転も担当してくれるという。一人がこっち、残りの二人が向こうの馬車だ。

今回、私たちが出ていくにあたり、町の警備のための人員が補填《ほてん》されるそうだ。すでに隣町を出立しており、私たちと入れ替わりで着任してくれるらしい。

部隊の話に気をとられて、町のことをすっかり失念してしまっていたので、大変ありがたい話だ。手配してくれた王子様には、会ったらお礼を言わないとね。

「それでは、出発いたします。よろしいですか？」

「はい！」

エイムズさんの掛け声に合わせて、雄々《おお》しい軍馬の嘶《いなな》きが響き渡る。

七歳からお世話になった教会の職員たちと、ジュードの叔父さん。そして大勢の人々に見送られながら、私とジュードは町を出ていく。

これから始まる、世界の命運をかけた戦いのために――！

＊　＊　＊

どこまでも広がる美しい青空。窓の向こうを通りすぎていく、瑞々《みずみず》しい景色。吹く風も穏やかで、英雄の旅立ちに相応《ふさわ》しい朝だ。

手綱《たづな》を握る騎士たちの顔もやる気に満ちており、今日はきっと思い出に残る一日になる…………と感動していられたのは、残念ながら最初の一時間だけだった。

「ぜ、前方に魔物です！」

「……またか」

同じ理由で馬車が停まり、つい十分前に再出発したばかりだというのに。

お尻の下が激しく揺れたかと思えば、馬の荒い息遣いと地面を削って停まる車輪の音が響く。次いで前方へと駆け出していく騎士たちの声。

騎士たちは王都までの護衛も兼任しているようで、出発から今にいたるまでの数回の襲撃に、全て彼らだけで対処している。しかし、馬車の運転もしながらこの頻度《ひんど》で戦闘をこなしていては、今日中にバテてしまうような気がしてならない。

「……ねえジュード、私の考えていることがわかる？」

立てかけてある相棒に指を滑《すべ》らせながら、目を細めてジュードを見る。彼はいつもの微笑みを浮かべたまま、ずっと手を添えていた剣の柄《つか》をしっかりと握った。

「多分、僕と同じかな？」

長年一緒にいる幼馴染《おさななじみ》に、言葉など必要ない。合図なんて瞬《まばた》き一つで充分だ。

ジュードは座席の扉を蹴《け》り開け、続いて私も飛び出した。

《解除！》

軽量化の魔法を解いて、本来の重さになった武器を構える。我が相棒――ずっと共に戦ってきた、全鋼鉄のメイスを。

メイスはファンタジー小説やゲームでも定番の打撃系武器だ。重量のある『柄頭《つかがしら》』と持ち手である『柄《つか》』の二つの部位からなり、高い打撃力と破壊力を誇《ほこ》る。

大抵のものは殴るところが金属、それ以外は木でできているのだけど、我が相棒は全てが鋼鉄製。そして、殴るための柄頭《つかがしら》が通常のものよりも大きく作られている。

……その部分が重くなりすぎたから、折れないように柄《つか》まで全部鋼鉄にしたのだけど、そのぶん頑丈だし威力もとんでもない。一撃で鎧《よろい》を破壊し、魔物を粉砕する凶悪な一品なのだ。

これを作った鍛冶屋《かじや》さんは本っ当に良い仕事をしてくれたわ。ありがとう、私がこの子と共に貴方の名を世界へ広めてくるからね！

「騎士さんたち、下がって！」

「はっ、聖女さ……えええええええ!?」

驚きなのか悲鳴なのか、大の男にしては情けない声を上げる彼らの横をすり抜けて、構えた相棒をふり下ろす。

ごう、と風を切る音が聞こえた次の瞬間には、魔物の体は粉々《こなごな》になっていた。

「やりすぎたかしら。ま、いいや。次！」

「アンジェラ、左から新手が来てる！」

「了解！　反対側は任せたわよ！」

そう応《こた》える間にも、ジュードは流れるような動きで私の背後を通り抜け、右側にいた魔物を一閃《いっせん》のもとに斬り捨てていく。

そんなジュードの武器は、刃がやや反った『曲剣《きょくけん》』である。

この国では刃がまっすぐな剣が主流なのだけど、そちらの強みである突きを捨てて、斬り払うことに重点を置いたのが曲剣《きょくけん》らしい。日本刀にも似てるけど、扱い方はちょっと違うみたいだ。

使いこなすには技術がいる剣なので、叔父さんはすすめていなかったはずだけど……ジュードはいつの間にかバッチリ使いこなせるようになっていた。その鮮やかな剣筋に乱れはなく、騎士たちは彼の動きにすっかり見惚《みと》れている。

それと比べて、私はただひたすらに殴って潰すだけだからね。まあ、戦いに美しさなぞ求めても仕方ない。大事なのはいかに迅速に、確実に敵を倒すかだ。美しい動きが見たければ、剣舞《けんぶ》の踊り子にでも頼めばいいのよ。

「皆さんは休憩してて下さいね。この周辺の魔物、ちょっと片付けてきますから」

「アンジェラ、向こうの林に集まっているの、第二進化体じゃない？」

「うわ、本当だ。町からまだそんなに離れてないのに……絶《た》やしちゃう？」

「うん、絶《た》やそう」

日常会話とでも言わんばかりにサラッと返事をするジュードは、やはり私の幼馴染《おさななじみ》だ。

爽《さわ》やかな笑みを浮かべつつもその構えに隙はなく、彼の前に立ったが最後、きっといつ斬られたのかわからないほどの速さで絶命できるだろう。

それは私の前に立つ敵も同じ。もれなく空のお星様に変身させてやるわ。

「では、また後で」

騎士たちにそう挨拶《あいさつ》してから、残りの魔物たちへ向かって走り出す。あまり時間をかけていては、今夜泊まる予定の町へ辿りつけなくなってしまう。

今の時間とこの後の予定を頭の片隅に置きながら、私は再び掲《かか》げた相棒をふり下ろすのだった。

＊　＊　＊

「つ……疲れた……！」

くたりと脱力すれば、伏した額《ひたい》が冷たい木のテーブルに触れる。

日が沈んでから一時間と少し。ちょうど夕食時なせいか、宿の食堂には人々の声が飛び交い、店の中は熱気で蒸し暑いぐらいだ。

酷使《こくし》した体は『もう無理』と悲鳴を上げており、席についた途端に潰れてしまった。……ああ全く、散々《さんざん》チート魔法を使ってこのザマだなんて。私もまだまだ修業が足りないわ。

道中でのあまりの魔物の多さに、私とジュードも戦闘に加わったまではよかったのだけど……本当に、本っ当に！　神様に文句を言いたくなるぐらい酷《ひど》い道のりだった。

とにかく魔物が多い。多すぎる。倒しても倒してもドンドン湧いてくるのだから堪《たま》らない。

うっかり魔物の巣でも攻撃してしまったのかと思ったけど、ちゃんと整備された街道の付近に、そんなものあるはずがない。そもそも、私たちが苦戦するような場所を商隊などが通ったら、とっくに全滅しているだろう。

途中からはもう座席に戻るのが面倒になって、私もジュードもずっと御者台《ぎょしゃ》にいたし、馬たちに強化魔法をかけて轢《ひ》き倒すなんてこともやった。それでも、私一人だけでも向こう一週間分ぐらいの魔物を倒した気がするわ。

本当にこの世界はどうなっているの？　ここまで荒《すさ》んでいて、他の町は無事なの？

そして現在地は、なんとか辿りついた町の宿の食堂である。せっかく初めての町に来たのに、お店などを見て回る体力は残っていなかった。なんとも情けない。

「アンジェラ、大丈夫？」

気遣わしげに私の肩をゆするジュードの手には、一口大のお肉が刺さったフォークがある。答えるのも億劫《おっくう》でただ肉を眺めていたら、そのまま私の口へと近付いてきた。

「少しでもいいから食べて。はい、あーん」

「……貴方、よく平気でいられるわね」

「僕は男だからね、体力はアンジェラよりあると思うよ」

ぱくりと口で受け取れば、香ばしい肉汁《にくじゅう》が舌と鼻を刺激してくる。途端に食欲が湧いて伏せていた体を起こすと、彼は嬉しそうに笑った。

（私と違って、強化魔法も使わず一日中戦っていたはずなのに……）

ジュードは背筋をピンと伸ばし、普段通りの姿で夕食のお肉を切り分けている。一体どんな体をしているのかしら。我が幼馴染《おさななじみ》ながら恐ろしいわ、この子。

「はい、食べやすくしておいたよ。それとも、スープか何か頼もうか？」

「大丈夫よ、ありがとう。お腹は空いているけど、一品食べきれるほど元気じゃないから」

「じゃあ、食べられる分だけでいいから食べて。動けなくなったら、僕が運んであげるから」

「うわあ、ジュードいい男すぎ……これ以上株を上げてどうするの？」

「君にそう思ってもらえるなら、いくらでも頑張るよ」

いつの間にか私の背には彼の腕が回されており、また突《つ》っ伏《ぷ》したりしないように、椅子の背もたれに固定してくれている。いい男というか、これじゃあ完全に保護者ね。

「んむ、おいしい……」

この食堂は宿泊客以外も利用できるらしく、席数は多めだけどほとんどが埋まっている。きっと評判の良い店なのだろう。ああ、できれば疲れていない時に来たかったわ。

もちろん、同行してきた騎士たちも一緒のテーブル席で夕食をとっている。私とジュードが隣り合い、その向かい側に三人が座っているのだけど——何故かどの皿もほとんど手をつけた形跡はなく、共に青白い顔で沈黙していた。

「……食べないのですか？」

「え？　あ、はい！　……いや、その」

リーダーのエイムズさんに声をかけてみれば、彼はすぐに反応してくれた。が、声はどんどん小さくなっていき、また口を閉じて俯《うつむ》いてしまった。

彼らも疲れてはいるだろうけど、戦った魔物の数は私たちのほうが圧倒的に多い。そもそも、王子様直々《じきじき》にお使いを頼まれた彼らが、そんなにヤワなはずがないと思う。

「何か、気になることでも？」

私が聞く前に、ジュードが低い声で質問を投げかける。視線も鋭く、質問というより何かを確信しているような聞き方だ。

「……………それ、は」

エイムズさんは口を開いては閉じ、また開いてを繰り返している。眉間《みけん》に刻まれた皺《しわ》は深く、今日一日で何歳も老けてしまったかのようだ。

やがて、意を決したように私とジュードを見てから、こう言った。

「……魔物の数が、明らかにおかしいのです」


エイムズさんが言うには、この付近ではそれほど魔物は出ていなかったらしい。出てもほとんどが第一進化体……つまり一番弱い魔物で、町の警備隊だけで充分足りていたそうだ。

そして〝行きの旅路でもそうだった〟と彼は言う。

（ああ、そっか。彼らがこの道を通るのは、少なくとも二度目なのね）

私たちと違い、彼らは一度王都から同じ道を通ってきている。それも、ほんの数日前にだ。通過してから魔物が増殖した可能性はあるけど、いくらなんでも速すぎる。

今いる町やその周辺がおかしくなったと考えるより――多分原因は、行きとは違う点にある。

（……私たちがいるから、か）

ジュードも同じことに気付いたのだろう。無言で顔をしかめつつ、それでもエイムズさんの話を最後まで聞くつもりのようだ。

魔物に意思や自我というものは存在しない。それは戦う者なら誰もが知っている事実だ。何せ考えるための脳も、何かを思う心も持たないのだから。ヤツらが個々に人間への恨みを持っているとか、そういう理由はありえない。

……どちらかというと、魔物は生き物ではなく『細胞』のほうが近い。生物として見ると奇妙でも、『どこかから命令を受けて機能するモノ』と考えれば、ヤツらの行動の意味不明さも納得できる。何も考えず、ただ命令通りに動いているだけなのだと。

……まあぶっちゃけてしまうと、魔物たちに命令を出しているもの——人間でいう『脳』は存在するし、私はそれを知っている。

——それこそが、ゲームの『ラスボス』だったから。

(でも、今の段階では動くはずがない。私もラスボス側も、まだお互いを知らないもの。ゲームはまだ始まってすらいない)

何度もクリアした元廃人プレイヤーの私だって、この世界のラスボスが今どこにいるのかはわからない。知りえる者がいるとしたら、それこそ神様ぐらいだろう。

……とにかく、ラスボスが今の私たちを狙う理由はないし、襲う指示を出すはずもない。でも今日のことを思うと、私かジュード、もしくはその両方が魔物に狙われていると考えるのが妥当。自我を持たない魔物たちが、命令もなく私たちを狙ってきたのは一体何故なのか。

「……ねえジュード、誰かから恨みを買った覚えはある？」

「嫉妬《しっと》ややっかみならあるけど、そういう男にはちゃんと対処したし……恨みはないと思うよ」

「そう、なんだか重そうな話っぽいから、詳しくは聞かないわ」

「重くないよ？　アンジェラの隣を確保するのは結構大変なんだっていうだけさ」

「……私もジュード関連の嫉妬《しっと》なら覚えがあるわ。でも、命を狙われるほどではないと思う」

「少なくとも、魔物は関係ないよね」

お互い色々あったけど、どちらも魔物は関係なさそうだ。騎士たちも原因が思い当たらないらしく、結局何も結論は出ないまま、今夜は早く休もうということになった。

気持ち悪い感覚は消えないけど、ここで気分まで沈んだら戦闘にも支障が出そうだしね。

「……ところでジュードさんや、何故に私と貴方が同室なんだい？」

「町についたのが日が落ちた後だったからね。空き部屋が二つしかなかったって聞いてない？」

聞いたような気はするけど、疲れてぐったりしていたので記憶にありません。

宿の人に案内された部屋は割と広く、アイボリーを基調とした良い感じの一室だったのだが——何故か二人部屋だった。

ベッドが近い位置で二つ並んでおり、ここで一緒に寝ろという。年頃の男女に。

「では、また明日」

騎士たちはそう言って向かいの部屋へ行ってしまったし、ジュードも特に気にした様子もなく寝間着《ねまき》を用意している。

さすがに大の男四人に二人部屋で寝ろとは言えないし、妥当な部屋割りだとは思うけど。

もしかして私は女だと思われていないのかしら？　鋼鉄メイスをふり回すような脳筋は、女じゃありませんって？

「ああ、もうこんな時間か。早くしないと、下の階の浴場《よくじょう》が閉まっちゃうよ。急ごう」

「お風呂には行きたいけど、ジュードはなんとも思わないの？　貴方は私の保護者なの？　もしくは旦那なの？」

「その選択肢なら当然後者がいいけど、今は手を出すつもりはないから安心して。しっかり休んでおかないと、明日以降が辛そうだし」

ジュードは私の分の寝間着《ねまき》までちゃっかり用意して、当たり前のように手を差し出してくる。

確かに私はずっと彼の傍《そば》で育ち、戦場では背中を預けてきた。でもこの世界、一応乙女ゲームだった気がするのだけど、夜に一緒の部屋で平気で寝るってどうなのよ。若い男女というより、長年連れ添った老夫婦みたいな感じだわ。

「そりゃ、ジュードを攻略する気はないけどさ……ここまでスルーされるのも女子として空《むな》しい……」

「アンジェラ、ほら行くよー」

困惑する私の気持ちなんてお構いなしに、旅の初日の夜は更《ふ》けていく。

＊＊＊

――夢を見ている。白く、美しく、寂しい世界の夢。

（何かしら、ここ。いやそれよりも、なんでこれが『夢』だってわかったのかしら）

これはもしや、明晰夢《めいせきむ》というやつだろうか。夢の中なのに、自分の思い通りに動けるというアレだ。

（でも、これじゃ思い通りも何もないわよね）

見渡す限り、ただただ白が広がっている。

天井と床の境目《さかいめ》も見当たらず、自分が立っているのかどうかすらも曖昧《あいまい》だ。どこもかしこも真っ白で上下もわからないのに、不思議と怖くは感じない。

（夢なのは確かだけど、妙ね。もしかしてここは、私の夢じゃないのかしら？）

唐突に思いついたのは、いつもの私なら絶対に思わないような不思議なこと。しかし、まるでそれを裏付けるかのように白い世界が歪《ゆが》んで――遠くに、シルエットだけの人間がぽつんと現れた。

輪郭《りんかく》から察するに、恐らく女性だ。私と同じぐらいの背丈の、若い女性の影。

「誰……？」

その人は、最初はただ立っていた。やがて俯《うつむ》くと、顔を覆《おお》ってしゃがみ込み……泣いているのかと思ったら、彼女は突然立ち上がり、勢いよく駆け出していく。

「ちょ、ちょっと待ってよ！」

慌てて手を伸ばすものの、あっという間に影は見えなくなってしまった。一体これはなんの夢？

何かの暗示とか？　それにしたって、抽象的《ちゅうしょうてき》すぎてさっぱりわからない。

（これが明晰夢《めいせきむ》なら、自分の意思で起きられるはずよ。さっさと起きて忘れちゃおう）

夢なのにため息をついてから、ぐっとお腹に力を入れる。起きろ起きろと念じてみれば、体が引っ張られるような、奇妙な力が働き始めた。

頭を使わなきゃ解けない系の夢なら、どうかよそをあたってほしい。元のキャラはともかく、今のアンジェラは戦う脳筋聖女様なのよ。謎解きは専門外だ。

「――……きて」

徐々に遠ざかっていく白い世界から、誰かの声が追いかけてくる。

「――どうか、いきて。きみにしか、とめられない。これを、もって」

「アンジェラ‼」

はっと目を開けて真っ先に飛び込んできたのは、ずいぶんと必死な様子の黒い瞳。

その背後に見えるのは、薄暗い見知らぬ部屋の景色……ああ、そうか。ここは宿屋だわ。

「……どうしたのジュード？　何かあった？　大丈夫？」

「何かも何も、君がうなされていたんだよ。そっちこそ大丈夫？」

「私が？」

そういえば、変な夢を見ていたような気がするけど……よく覚えていない。

視線を動かせば、明かりのついたベッド周り以外は真っ暗だ。夜明けはまだ遠いだろう。

「……変な時間に起こしてごめん。ちょっと夢見が悪かっただけよ」

「大丈夫ならいいけど。君は高熱で生死を彷徨《さまよ》ったりとか、神様から天啓をもらったりとか、そういうのが多いから怖いんだよ」

（……ああ、確かに寝てる間に色々やらかしてるわね）

天啓云々《うんぬん》は私の捏造《ねつぞう》だけど、五歳の頃に死にかけたのは本当だし、前世の記憶を思い出したのも眠っている時だ。

ぎゅっと私の手を握ってくるジュード。その顔は真剣そのもので、額《ひたい》には汗すら浮かんでいる。戦場でもこんなに辛そうな顔は見せないのに、ずいぶんと心配をさせてしまったみたいだわ。

「きっと疲れていたから、おかしな夢を見たのね。体は元気よ。ごめんなさい、ジュード」

「……いいよ。僕も少し神経質になっていたのかも。ごめん」

お互いに謝り合うと、ようやくいつもの彼らしい笑みを返してくれた。ほっと息を吐き出すと、寝起きでいつもよりもボリュームの少ない黒髪が、さらさらと肌を滑《すべ》り落ちていく。

　やがて、その顔がゆっくりと近付いてきて……

「…………ん？」

　なんだか近いなと思いつつ眺めていたら、ジュードはごく当たり前のように私のベッドに入り込んできた。……どういうこと？

「ジュード。貴方のベッドは、あっち」

「知ってるよ。心配した分、ちょっとぐらい、いい思いをさせてよ」

「ハッハッハ、意味わからないんだけど殴っていい？」

「後でね。おやすみ」

　ふり上げようとした腕はいつの間にか体ごと抱え込まれており、ジュードは早くも健《すこ》やかな寝息を立てている。……これはセクハラだろう。セクハラだよね？　いくらイケメン攻略対象でも、許したらあかんやつだよね？

「ちょっと変態。悪魔。起きろこのバカ。離してってば！」

「すぅ……」

　……ジュードのことだから寝たふりかと思いきや、まさかの本気寝だった。身長はもちろん、体格差もあるせいか、力を込めてもびくともしない。薄い寝間着《ねまき》ごしの体は硬く、たくましく育った彼と筋肉がつかなかった私の違いを、嫌でも実感させられる。

「……仕方ない、元はといえば私が起こしちゃったのが悪いんだし」

彼の両手はどちらも私の背中に回されている。ぐっすり眠っていて、いやらしいことをしてくる気配はなさそうだ。そういうことなら、一晩ぐらいはまあいいか。

「……ん、アンジェラ？」

「はいはい、ここにいるわよ。覚えておきなさいよ、セクハラ男」

抵抗をやめてみれば、ジュードは心地よさそうに頬を寄せてくる。眠っているとますます犬っぽいわ。うん、大きな飼い犬だと思えば、同衾《どうきん》も別に悪くないわね。

（それにしても、うなされるような夢か。一体なんだったのかしら）

目を閉じても、感じるのはちょうどよい温もりだけ。夢の続きは見られそうにない。

ほんのわずかな不安を残しつつも、意識はまたゆっくりと落ちていく。

――この身に新たな力が宿っていると気付くのは、あと数時間ほど先のこと。

＊　＊　＊

翌朝、少しばかり寝坊してしまったものの、おおむね予定通りに宿の食堂へ向かった時のことだ。

先に来ていた騎士たちを見つけたまではよかったのだけど、落ち込んでいた昨夜とはうって変わって、彼らは朝っぱらから肉料理をむさぼり食っていた。それはもう、周囲がドン引きするレベルでガツガツと。

騎士は体が資本だ。夕食をほとんど食べなかった分、補おうとしているのだろう。それはわかるけど、せめてもう少し周囲に気を配ってほしかった。

テーブルに並んでいるのは肉、肉、肉。朝食には向かない脂《あぶら》っこいものばかりで、見ているこっちは食欲をなくしてしまいそうだ。

(これはちょっと、他人のフリをしたいわね)

あの肉まみれのテーブルは、できれば遠慮したい。とはいえ、連れなのにわざわざ離れて食事をとるのもおかしな話だ。

覚悟を決めて、いざ彼らの席へと歩みを進めた瞬間――ふと場違いな音を立てて、私の目の前に『日本語』が表示されていた。

【新しい神聖魔法『隠密《おんみつ》』が使えるようになりました】と。

「神聖魔法なのに……隠密《おんみつ》？　何これ」

神聖魔法とは、神様から力を借りて行《おこな》う奇跡の魔法だ。傷を癒《いや》したり、誰かを補佐したりするための技術なのに……何度見直しても、そこには隠密《おんみつ》と書いてある。神様の力で隠れるなんて、どういうことだろう。これまで読んできた魔法書でも、そんな記述は見たことがない。

（使えるようになりましたってことは、もう習得しているのよね？　とりあえず使ってみる？）

もしかしたら、何かのバグなのかもしれない。……いや、現実世界にバグはないだろうけど。

「隠密《おんみつ》か……隠れろーって念じればいいのかしら？」

特に呪文などは表記されていなかったので、それっぽいことを念じてみる。すると、少しばかりの魔力消費と共に『ほわん』と軽い音が聞こえた。

「…………？」

体に変わったところはなさそうだけど、視界がほのかに白く光っている。本当に隠密《おんみつ》の魔法が発動しているのなら、私は今隠れていることになるのだけれど。

「…………ふむ」

なるべくこっそりと、騎士たちの向かいの席へ座ってみる。けれど、彼らが気付いた様子はない。もくもくと肉料理の咀嚼《そしゃく》を続けている。

(うっ！　近付いたら、いよいよ胸焼けを起こしそうな匂いだわ)

私もお肉は好きだけど、さすがに朝っぱらから大食いできるほど胃は強くない。抗議の意味も込めて、近くのお盆をちょっと指で弾《はじ》いてみる。カタンと軽い音が聞こえたけど、騎士たちはやはり気付いていないようだ。私はすぐ目の前にいるのに。

(私、本当に隠れているのかしら？　すごい魔法ね……)

「……アンジェラ？」

ちょっとだけ感動していると、私の分の朝食も持ったジュードが席に近付いてきた。私の座っている席を凝視《ぎょうし》しているけど、まるで視力の低い人のように目を細めている。

「ジュードは私が見えているの？」

「一応見えるけど、うっすらとしか見えないよ。集中していないと、すぐ見えなくなる……もしかして、何か魔法を使ってる？」

「うん、新しい魔法を覚えたみたいでお試し中なの。これはどうも本物みたいね」

隣の席に腰かけたジュードに説明しながら魔法を解き、もう一度騎士たちに視線を向ける。彼らは相変わらず肉料理に集中していたけど、私に気付くと同時に飛び上がった。

「せっ聖女様⁉　いつからここにいらしたのですか⁉」

「ちょっと前からよ。やっぱり見えていなかったのね」

どうやら本当に隠密《おんみつ》の魔法のようだ。慌てて頭を下げる彼らに、機嫌よく笑ってみせる。

――多分これも、神様からの贈り物なのだろう。この魔法をうまく使えば、旅路も昨日のようにはならなくて済むかもしれない。

（神様、いつもありがとうございます。貴方のアンジェラは、無事王都へ辿りついてみせます！）

もはや恒例となってきた感謝の言葉を、心の中で強く念じておく。それにしても、神聖魔法に隠密《おんみつ》があるだなんて考えもしなかったわ。

同じように敵から隠れる能力はゲームにもあったけど、魔法ではなくスキルだったし、それを使えるキャラは一人だけだった。今の私たちはもちろん会ってすらいない。

それを魔法として使えるようになるなんて、どう考えても特別措置《チート》だ。……逆に考えるなら、神様が私に新たなチートを与えなければと思うほどに、世界が歪《ゆが》んでしまっているということ。

（昨日嫌というほど実感したけど、ハードな生活はまだまだ続きそうね……）

私はため息をついてから、この町でとる最後の食事にそっと手を伸ばした。


さて、とりあえずものは試しということで。朝食を済ませ、町を出る準備を整えた私は、早速例の隠密《おんみつ》魔法を使ってみることにした。

対象は私とジュードがいる座席部分。本当は馬車二台を丸々隠したかったのだけど、効果を試すという意味で、ひとまず私たちにのみ魔法を使って出発する。

——その結果は、笑ってしまうぐらいわかりやすかった。

「………平和ね」

昨日は数えるのも面倒なぐらいに出没していた魔物が、ぱったりと出てこなくなったのだ。

よく晴れた空の下に、規則的な車輪と蹄《ひづめ》の音が響く。とても長閑《のどか》で平和な風景だ。

「なんかこう、ここまで露骨《ろこつ》だとさすがに怖いわよね」

「そうだね。ありがたくはあるけど……」

今日も向かい合って座っていたジュードが、苦笑を浮かべながら窓の外を窺《うかが》っている。

突然手綱《たづな》が引かれることも、騎士たちが大慌てで駆けていくこともない。

馬のたてがみを揺らす風も心地よさそうで、後続の騎士などこちらに手をふる余裕すらあるようだ。

なんにせよ、旅路が平和になったことはありがたい。戦うのは嫌いじゃないけど、王都に到着する前に疲れきってしまうのは避けたいもの。せっかく与えられたチートな魔法を、有効に活用していくべきだとも思う。

――しかし、この魔法は同時に、嫌な事実も浮き彫りにしてくれた。

〝私たちが狙われているかもしれない〟ことは、杞憂《きゆう》ではなかったと。

(……神様は、全てを知っているのかしら)

意思を持たない魔物たちが、標的を定めて動いている事実。……もしかしたら、昨夜私がうなされていたという夢も、何か関係があるのかもしれない。

ジュードは何も言ってこないけれど、私に対して不信感を募《つの》らせていてもおかしくはない。考えることが嫌いな私ですら気付くほどに、私たちを取り巻く環境は異常だ。

「……ふふ、視線が熱くて溶けてしまいそうだよ」

「あ、ごめん！　不躾《ぶしつけ》だったわね」

どう聞いていいものかわからなくて、ついジュードをじろじろと眺めてしまった。

「君の視線ならいつでも歓迎するよ。でも、良い意味ではなさそうだね」

「………ごめん」

そっと視線を足元へ落とす。ジュードはゲームの攻略対象だし、王子様から招集もされている。けど、今回同行してくれたのは、私が理由だと本人が言っていたのだ。

その私がおかしなことになっている今、彼はどう思っているだろう。明らかに異常な加護を受けている私を。その私に巻き込まれてしまった今の状況を。

「……アンジェラ」

ジュードはゆるく首をふってから、優しく私の手をとった。皮の硬い、剣を握る男の手だ。

「僕は決して君を疑ったりしない。だから、大丈夫だよ」

「……なんでもお見通しなのね」

「君の態度はわかりやすいからね。神様とやらに対して思うところはあるけど、アンジェラを傷付けるようなことは考えないし言わないよ。今までも、これからもずっと」

するりと、硬い指先が私の手の甲を撫《な》でる。ただそれだけなのに、不安で揺れていた心が落ち着いていく気がした。

「平和なのはいいことだけどね。君にそんな顔をさせる原因になるのなら、ちょっと戦いに行こうか。体を動かせば、少しは気分もよくなるかも」

「昨日あれだけ苦労したのに、この魔法を解けっていうの？」

「それでアンジェラが笑ってくれるなら。僕はいくらでも付き合うよ」

——ああ、もう。悔しいけど敵《かな》わないわ。どうしてこの男は、私に対してこんなに甘いのか。

転生者の私は、彼の隣にいるはずだった『心優しい聖女アンジェラ』とは変わってしまったのに。

「……………後で、ちょっとだけ、ね」

「わかった。実は僕も『居合い』っていう技を試してみたかったんだ。すぐに倒れない相手だと嬉しいんだけど、この辺りに強い魔物はいるかな」

「いるわよ、きっとね」

「君が言うならそうなんだろうね。じゃあ、今のうちに休んでおこう？」

柔らかな微笑みに不安な心が解《ほど》けていく。他ならぬ彼が信じてくれるのなら、きっと頑張れる。皆が望む、戦う聖女様として。

——たとえ、この世界がゲームとは変わってしまっていても。今の私にできる役割を、しっかりと務めていける。

旅路はまだ二日目。先は長く、王都までの道はまだまだ続いていく。

STAGE5　脳筋聖女と王都の戦い

「……長い、長い旅でしたね……」

「ええ、本当に……長い、旅でした」

目の前に立ちはだかるのは、私たちの育った町のものよりも遥かに大きく、立派な石造りの門。

その左右には帯剣した衛兵たちが何人も並んでいるのだけれど……そんな物々しさすらどうでもよくなるほどの達成感が、私たちの心の中を占めている。

ああ、本当に……本当に、長い旅だった!!

「ついに辿りついたよ、王・都!!」

「もうなんか、すでに成《な》し遂《と》げたって気分だよね……」

出発時と比べてずいぶんボロボロなってしまった馬車の前に並び立ち、私とジュードと三人の騎士は、皆そろって両手を高く掲《かか》げる。

衛兵たちが何ごとかと駆けつけてきたけど、この際、恥も外聞《がいぶん》も忘れよう。私たちはついに、あの過酷な長旅をやり遂《と》げたのだから！

そう、王都までの旅路は、本当に過酷だった。

先に言っておくと、二日目に身につけた隠密《おんみつ》の魔法はガンガン使ってきた。むしろ、アレがなかったらまだ王都に辿りついていないと思う。

いいい、私たちの馬車はちゃんと隠してきたのだ。しかし、魔物とは本来、無差別に人間を襲う厄介なもの。近くを通りかかった一般の旅人が襲われることも当然あるし、正義の味方である騎士たちは、彼らを見捨てることなどしない。そして、騎士たちの手が足りなくなれば、私とジュードも参戦せざるをえないわけで。

――後はまあ、初日とだいたい同じ流れだ。

大量の魔物を倒して、キリが良いところで逃げるように町へ駆け込む。そんな戦いの日々を十日も続けてきたら、さすがに頭のネジが二、三本どこかへ飛んでしまうわよ。

プロローグ前の旅がブートキャンプになるなんて、一体誰が予想できただろうか。

（とりあえず、お使いの騎士たちもこの旅でかなり強くなっただろうし。結果オーライよね）

何せ、出発時とは明らかに顔つきが違う。花でも背負ってそうな爽《さわ》やかな騎士様から、歴戦の猛者《もさ》へと進化した彼らは、きっと今後も活躍してくれることだろう。

……こう、顔立ちが大分濃くなったというか、乙女ゲームの騎士から青年漫画の益荒《ますら》男《お》に変わっちゃった気がするけど。強くなったのだから許してくれるわよね？

そんな彼らを横目に見つつ、穏やかな笑みを浮かべるジュードが、そっと私の肩を叩く。

「不安だったけど、無事に辿りつけてよかったね」

さすがに攻略対象の容姿は変わらなかったけど、彼もかなり頑張ってくれた。……もう本当に、その有様は『歩く殺戮《さつりく》兵器』だった。

連戦による疲れのせいか、戦場では終始無言。淡々と敵を斬り伏せていくものだから、助けた旅人たちが怯《おび》えていたぐらいだ。元々キツめの顔立ちなのも相まって、『お子様には見せられません』な状態。さすがにあのままだったら、私もちょっと距離を置いたわ。

……まあ、かく言う私も鬼神だなんだと散々《さんざん》言われていた気がするけど、もう済んだことだ。とにかく私たちは無事に、あの過酷な旅を成《な》し遂《と》げた！

「これだけ立派な門や外壁があるんだし、さすがに王都の中には魔物も入ってこないよね？　少しゆっくりできるかな」

「そうね、ちょっと戦いすぎだったもの。少しぐらいは休ませてほしいわ」

長旅を共にしてきた馬車は衛兵に預かってもらい、ここから王城までは王子様が新しく用意してくれた馬車に乗り換えて向かうようだ。

ボロボロ馬車からうって変わってピカピカで、装飾も豪華。ビロード張りの座席に身を預けながら、それぞれの思いを胸に大通りを進んでいく。

(きれいなところ……)

深紅《しんく》のカーテンをめくった窓の先に広がるのは、旅行雑誌でしか見たことがないような美しい煉瓦《れんが》造りの街並みだ。可愛らしく、どこか幻想的なデザインでありながらも、そこには確かに人が住んでいて、通りも活気に溢《あふ》れている。

私たちの町も住みやすいところだったけど、やはり国の中心部となれば規模は段違いだ。

そわそわと浮かれながら町を眺める私を、他の皆は優しい笑顔で見守ってくれている。

(もう戦い疲れたと思っていたのにね)

美しい景色や人々の暮らしを見てしまうと、つい『頑張らなきゃ』という気持ちが湧いてくる。やっぱり私は単純だ。だからこそ『主人公』に選ばれたのかもしれないけど、それならそれでこの気持ちを誇《ほこ》りに思う。これからもきっと前を向いて戦えるはずだ。

新しい馬車は軽やかに通りを抜けて、白亜《はくあ》の巨大な建物へと近付いていく。

周囲を人工の池で囲み、跳ね橋をかけてあるそこは、ヨーロッパの観光案内本ぐらいでしか見たことのない『お城』だ。

真っ白な石壁の奥には尖塔《せんとう》がいくつもそびえ立ち、特に大きなものにはこの国の紋章が金色に輝いている。

やがて馬車を降りた私は、思わず呟《つぶや》いていた。

「……すごい」

もう、すごいしか感想が出てこない。前世で見ていた高層ビル群とはまた違う、高くて美しい建物。きっとこういうものを芸術と呼ぶのだろう。

通りを眺める私を笑っていたジュードも、これには圧倒されているようだ。二人そろって口を半開きにしたまま、目の前の建物をぽかんと見上げてしまっている。

「お二人とも、こちらへどうぞ」

田舎者《いなか》丸出しな私たちを、エイムズさんは嫌な顔一つせずにお城の中へ案内してくれる。

ふと見れば、周囲を歩く騎士たちが、彼に対して敬礼の姿勢をとっていた。やはりお使いの三人は、それなりに高い地位にあるのだろう。劇画風な顔つきに変えちゃって申し訳ない。

「これからどこへ行くんですか？」

「まずはエルドレッド殿下のところへご案内いたします。到着の報告は先に伝えてありますが、実際にお会いしていただくのがよいと思いますし、そのように命も受けておりますので」

「い、いきなり王子様か。すみません、淑女《しゅくじょ》の作法とかほとんど忘れてしまったのですけど」

「どうぞ、お気になさらないで下さい。殿下からもそう言付《ことづ》かっております。そんなことのためにお連れしたわけではありませんしね」

穏やかに微笑むエイムズさんは、嘘はついていないようだ。まあ、私たちが招集されたのは戦力としてだから、作法を求められても困るんだけど。

ただ私の場合、まだ伯爵家に籍があるのよね。ゲームの時もその辺りには触れていなかったし、大丈夫だとは思うけど……。

「そもそもアンジェラ、君はその鋼鉄メイスを背負っている時点で色々と規格外だから、誰も礼儀作法なんて気にしないと思うよ」

どうしようかと思った矢先、さらりとジュードが告げた内容に、一歩先を進んでいたエイムズさんが噴き出した。

なるほど、そりゃそうだ。貴族のご令嬢はメイスなんて背負ったりしないものね。あまりにも当たり前にふり回してきたものだから、これが普通じゃないってことをすっかり忘れていたわ。

我が相棒のインパクトを前面に押し出せば、挨拶《あいさつ》が不格好でも許してもらえそうだ。

「……というか今更だけど、もしかしてさっきから私たちがじろじろ見られているのは、そのせい？」

「本当に今更だね。僕の容姿も珍しいだろうし、仕方ないよ」

実はお城の中へ案内された時から、周囲の視線をビシバシと感じていたのだけど。そっか、色んな意味で珍しかったのね。てっきり、田舎《いなか》者丸出しな私たちを馬鹿にしているのかと思ったわ。あるいは、ジュードの美貌に魅了されているのかと。

「く、ふふっ……す、すみません！　……いやしかし、お二人とも本当にきれいですから、皆が見惚《みと》れるのも仕方がないと思いますよ」

「お二人とも？　ジュードが周りを魅了するのは、いつものことですから慣れましたけど……」

「……自覚のない美少女って怖いよね。僕が普段どれだけ苦労していると……」

「……お察しします」

エイムズさんの言葉に、ジュードは疲れた様子で視線を彼方《かなた》へと泳がせた。

確かに美少女だとは思うけど、自分の顔だから見慣れちゃったのよね。それにゲームのアンジェラのほうが可愛かったし、胸も大きかったし、女子力も高かったし。

ジュードの容姿は、ゲームで鎧《よろい》を着込んでいた時よりも今のほうがきれいだから、皆が魅了されるのも納得なんだけどね。

「…………ん？」

そんな、容姿の話をしていたせいだろうか。

私たちが向かっている道とは反対のほうから、いかにもお金持ちっぽい装飾過多な男が、ぞろぞろと従者を連れて歩いてくるのが見えた。

美醜《びしゅう》でいうなら、明らかに醜《しゅう》のほうに偏《かたよ》った顔立ち。歳は五十前後だろうか。でっぷりと脂肪のついた体は一歩進む度にゆっさゆっさと揺れて、生え際の後退した額《ひたい》に汗を浮かべている。

——そんな男と、ぱったり目が合ってしまった。

（あれは……！）

途端に、ぞわりと悪寒《おかん》が背中を駆け抜ける。

……ちょっと、嘘でしょう。まだ城に到着したばかりよ？　ゲームでいうなら、まだプロローグの途中だっていうのに……こんなに嫌な予感がするなんて。

何よりも、こんなところで〝あんなもの〟を見つけてしまうなんて。

「……アンジェラ?」

足を止めた私に気付いて、ジュードもそちらを見る。じろじろと、こちらを舐めまわすように眺める男の姿を。

「……ちょっと待っててね。あの脂身《あぶらみ》、今すぐなます切りにしてくるから」

私に向けていた穏やかな笑みを一瞬で引っ込めて、スッと剣の柄《つか》へ手をかけたジュードは、すでに殺戮《さつりく》兵器の顔に変わっている。周囲の温度が下がった気がしたのは、多分彼の殺気のせいだろう。

「お、落ち着いて下さいジュードさん! あの方は駄目ですって!!」

慌ててエイムズさんが手を伸ばしたけれど、ジュードが抜剣《ばっけん》するほうが速そうだ。

――でも、違う。違うのよ、ジュード。そっちじゃない。

「ジュード、脂身《あぶらみ》のほうじゃないわ。構えは解かないで、『敵』をよく見て」

「え?」

「あ、脂身《あぶらみ》って………は?」

城の美しさに浮かれていた気持ちなど、瞬時に消し飛んでしまった。

いつもより強力な筋力強化の魔法を発動させて、背中の相棒へと手を伸ばす。

……ふざけているわけではないと気付いたのだろう。エイムズさんは、困惑しつつもジュードから一歩離れた。

「おやおや、これは美しいお嬢さんだ。見たところ聖職者のようだが、このような場所に何用かな？」

粘《ねば》っこい声で問いかけてくる醜《みにく》い男に、ジュードの殺意がまた鋭くなる。

この大きな体躯《たいく》に、いかにもな態度……なるほど、『隠れ蓑《みの》』にするにはもってこいってわけね。

「貴方には関わりのない世界の者よ。貴方こそ――影に何を〝飼っている〟の？」

「……は？」

数人分の低い声が重なって聞こえる。

――直後。黒く重たい液体が、男の足元からずるりと生まれ落ちた。

「ヒ、ヒイイイイイッ!?　な、なんだ!?　何が起こっている!?」

落ち着いた雰囲気だった城内に、男の悲鳴が響き渡る。

巨体を転がすように後退していく男と、彼の周りを固める従者たち。それぞれ武器を持っているようだし、そっちは多分大丈夫だろう。

……きっと敵の狙いは、私たちだろうしね。

「アンジェラ‼」

完全に抜剣《ばっけん》したジュードが、私をかばうように刃を構える。

少し遅れてエイムズさん、そして周りにいた騎士たちも、それぞれの武器を抜いた。

——あの醜《みにく》い男の影に浮かんでいたのは、赤い色の日本語……敵ネーム【混沌《こんとん》の下僕《げぼく》】。

そして、今まさにそこから顕現《けんげん》したものに浮かぶのも、敵対者を示す、赤い色の名前。

その名は——【誘《いざな》う影】。

「気合い入れてジュード。あの魔物、〝第三進化体〟よ」

「ははっ……まさか、こんなところでとはね‼」

あの過酷な旅路でも一度も遭遇しなかった、凶悪な個体。数ある魔物の中でも、上から数えたほうが早い強敵。

——ええ、本当に。こんなところで——まさかのボス戦だよ‼

スライムといえば、ゲームでは定番のモンスターだろう。

どろっとした、いかにも弱そうな姿の彼らは、見た目の通り一番弱い敵として設定されていることが多く、ほとんどの冒険者が初めて遭遇する魔物だ。

この世界においても【汚泥《おでい》の牙】なんて格好良い名前がつけられてはいるものの、一番弱い魔物として知られている。冒険者はもちろん、武器さえあれば一般人でも倒せるぐらいだ。

——しかし、彼らが第二段階に進化した【蠢《うごめ》く泥】になると、その強さは一気に倍以上になる。

戦闘練習用《チュートリアル》の魔物から本当の〝敵〟へ。攻撃パターンも増えるので、対峙《たいじ》する時はちゃんと戦うつもりでいかないと倒せない。

……とはいえ、第二進化体までは私たちの敵ではない。数が多いと厄介だけど、その程度だ。王都までの旅路でも日常的に倒していたし、危険視するほどの存在ではない。

(それが——第三段階に進化した途端に、これだものね!!)

酷《ひど》い悪臭と共に現れたそれは、ゆらゆらと揺れながら体を大きく広げ続けている。

元々大柄な男の影に擬態《ぎたい》していたけど、今はもう天井にまで届きそうな勢いだ。この広々とした城の天井……目測だけど、恐らく五メートル近くはあるだろう。

第三進化体【誘う影《いざな》】。泥から影へと名前が変わったそれは、黒く粘《ねば》ついたコールタールのような姿をしているが、本質は影であり変幻自在だ。つまり、攻撃が予測し辛い大変トリッキーな魔物である。

ゲームの時も全部で三回しか遭遇しなかった強敵。その上、私やジュードとはとても相性が悪い。……そういえば、かつて私が使っていたディアナとも相性が悪かったわね。

「……ひっ」

誰かが上げた悲鳴に応《こた》えるように、影からずるずると長い管《くだ》が生えてくる。

それは伸びながら形を変え、やがて巨大な人間の腕を形作っていく。こいつが〝誘《いざな》う〟と名付けられた所以《ゆえん》だ。

「……アンジェラ」

「来るわよ！」

ジュードの低い囁《ささや》きに応《こた》えた瞬間、その巨大な黒い腕が、私たち目掛けて一気にふり下ろされた。

「はっや⁉」

慌てて飛び退《の》いた床を、大きな爪が引っ掻くようにガリガリと削っていく。恐らく丈夫な床石だろうに、まるで砂でも掻いているかのような軽やかさだ。

深く抉《えぐ》られた五本指の痕《あと》を見て、騎士たちが慄《おのの》き、腰を抜かしていく。

（攻撃パターンはゲームの時と一緒だけど、なんて速さなのよ!?）

巨大な腕での攻撃は、私が知っているゲームの魔物と同じ。しかし、攻撃スピードがこれほど速いのは想定外だ。目で追うのがギリギリだなんて。この世界、本っ当に転生者に優しくない!!　いくらなんでも、魔物が強くなりすぎでしょう!?

「アンジェラ、無事!?」

「当然！　こんなところで死にたくないわよ！」

メイスを構え直す私を横目で確認して、ジュードも姿勢を立て直す。さすが私の相方、もう本気で戦う覚悟をしてくれているようだ。

……反面、エイムズさんの後ろにいた騎士たちは、初撃で戦意を喪失《そうしつ》させられてしまっている。あの強敵相手に、彼らを巻き込むのは危険だろう。

「エイムズさん、避難指示をお願いしても？　あれは私たちで引き受けます」

「そんな、お二人だけでは……ッ!?」

エイムズさんが答える前に、私と彼の間を黒い腕が走る。鼓膜がやぶれそうな、大きくて嫌な音を立てながら。

間一髪《かんいっぱつ》で逃《のが》れたものの、私たちの間に砂埃《すなぼこり》が舞い上がった。まるで日常と戦場とを区切る壁のように。

「避難を。早く！」

「……確かに、これでは足手まといですね。いったん下がります！」

「ええ、気をつけて！」

逃げていく彼らを音だけで確認して、私はジュードと合流するために走り出す。

こうしている間にも、黒い腕は本体へ戻っては、またすぐに伸びるのを繰り返している。がしゃがしゃと、まるで子どもがメジャーで遊んでいるかのような愉快な動き方だ。見た目は完全にホラーだし、城を抉《えぐ》っていく怪力と轟音《ごうおん》は遊びとは思えないけどね。

「危な……ッ！　アンジェラ、あれの弱点とか知らない⁉」

「雷撃《らいげき》よ！　雷《かみなり》の魔術！　使える⁉」

「ごめん無理！」

「オーケー！　いつも通り殴りましょう‼」

轟音《ごうおん》にかき消されないよう叫び合いながら、なんとか二人の間合いの中へ腕を呼び込もうとする。近すぎると当たってしまうし、遠すぎると攻撃ができない。その絶妙なバランスを見極めようにも、地面が削られる度に視界が揺れるし……本当にどこまでもハードモードなんだから！

何度目かの攻撃で、ようやくいい位置に腕が突っ込んできた。

「……ッ、今よ、ジュード!!」

「応《おう》！」

合図と共に同時に武器をふり下ろして――まずは一本目の腕が、ぐちゃっといい音を立てて潰れる。

飛び散った黒い液体は熔けるように消えていき、その分、本体のほうもわずかに縮んだようだ。

「一本もらい！　これを続けましょう！」

「一本って……あと何本!?」

「あいつに聞いて！　怯《ひる》んだら本体を殴りに行くわよ！」

「はは…………やる気出てきた」

半分ヤケになって答えた私に、ジュードの黒眼がぎらりと輝く。殺る気の間違いでしょう相方よ。けど、今は殺気でもなんでもありがたいわ！

（何せ、こいつに物理攻撃はほとんど効かないからね！）

最初は泥……つまりただの土と水だから弱い魔物だけど、影に進化したこの魔物は、物理攻撃への耐性がものすごく高くなっている。

ゆえに、殴って戦う私とも剣士のジュードとも相性が悪いのだ。さっきタイミングを合わせて二人で同時に攻撃したのだって、それぐらいのダメージを与えないと効かないから。

これがもう一つ先の第四段階まで進化すると、物理攻撃は完全に無効になる。まさか最弱のスライムが最強の前衛殺しになるとか信じたくなかったけど、実際に体験するともう笑うしかないわね。

（第三進化体なら、少しはダメージが入る。つまり、殴り続けていればいつかは倒せる！とにかく今は、私たちが戦うしかない！）

王城ともなれば、こいつと有利に戦える魔術師だって勤めているはずだ。あちこち壊されているし、きっと援軍が来てくれるだろう。たとえ倒せなくても、それまで時間さえ稼げばいい。

メイスをまっすぐに構えて、巨大なコールタールの塊《かたまり》を睨《にら》みつける。隣では、ジュードも愛剣を上段で構えていた。なんとも殺意の強い構えだ。

「絶対に刻んでやる……君に合わせるよ、指示よろしく」

「いい殺気ね。頼むわよ」

潰れていた巨大な腕が、再び形を整えて、ゆらりと鎌首をもたげる。

「……勝つわよ、ジュード」

「無論」

汗で滑《すべ》ったりしないよう、柄《つか》を握る両手に強く、強く力を込めた。

＊　＊　＊

「はいっ！　パスッ！　トドメ！　よろしく!!」

「任せて！　せいッ！　終わり！　今何本!?」

「もう！　数えて！　ないわよ！　次！」

「はいっ！　いらっしゃいませー!!」

貴方はどこの居酒屋の店員だ!!　と、ツッコミを入れたいところだけど、そんな余裕もないこの状況。間に！　メトロ！　ノームを！　入れて！　お楽しみ！　下さい！

せえいッ!!

（うん、十本超えた辺りから、確実に狂ってるわ私たち！）

テンポよく、リズムに乗って、鈍い音が響き渡る。

美しかった城内の一区画は、破壊しつくされた挙句に黒い粘液《ねんえき》まみれ。終末世界さながらの凄《すさ》まじい崩壊っぷりだ。

そんな戦場で私たちは、唇には笑みを、瞳には狂気を浮かべて戦い続けている。端《はた》から見たら、かなり恐ろしい絵面《えづら》かもしれない。

しかし、ふるっているのは本物の武器だし、本気で戦闘中だ。もう泣きたい!!

(誰も好きでリズムに乗ってるわけじゃないわ！　このペースで動かないと、やられるんだから仕方ないのよ!!)

最初こそ巨大な腕の形をとって攻撃を仕掛けてきた【誘う影《いざなかげ》】だったけど、五本目の腕を倒した辺りからパターンを変えてきたのだ。人間の腕の形はそのままに、一本一本を細くして、本数を増やしての攻撃へと。最初の時点でもかなり速かったのに、今では目で追うのも厳しい。

けど、止まれるようなヒマはない。止まったらそこで――死ぬのだから。

(冗談じゃないわよ!!)

分析するヒマも、作戦を立てる余裕もない。となれば、もう気合いで戦い続けるだけだ。

幸いにも、細くなったことで一本ずつならすぐに潰せるようになった。けれど、その分とにかくスピードが速くて、もはやわんこそば大会だ。リズムよく片付けないと間に合わない。

（魔力は足りてるけど……このままじゃ、腕がもたないかも！）

筋力強化の魔法は、当然ずっと使いっぱなしだ。魔力はまだしばらくもつけど、武器をふるう腕の疲労がカバーしきれなくなっている。

私の体は細くて、今も筋肉がつきにくい。魔法がなければメイスを持つことすらできない貧弱な腕が、旅路からの連戦に耐えられるほど丈夫にできているとも思えない。

「ジュード、まだ平気？」

「今のところは……！　キツいけど、まだいけるよ！」

背中越しに聞こえる声は笑っているけど、明らかに空元気《からげんき》だ。混じる息の音はかなり激しいし、汗で服が体に貼り付いている。

一応ジュードにも強化魔法はかけているけど、彼だって人間だ。王都の入り口でも『休みたい』と言っていたし、無理を重ねていることは間違いない。

（早くなんとかしないと。このままじゃ二人とも……！）

叩き落とした手の一本を、怒りのままに踏み潰す。影の本体もそろそろ三メートルを切りそうな大きさにまで縮んできてはいる。

今なら本体も殴れるかもしれないのに、いかんせん手での攻撃が多すぎて本体に近付けない。

（せめてもう一人パーティーがいたら、なんとかできたのに！）

エイムズさんを避難指示に回したのは失敗だったかもしれない。私たちほどではないけど、お使いの三人の中では彼が一番強かった。彼がいてくれたら、本体への突撃もできたかも――

「アンジェラ！　そっちに！」

後悔の念にとらわれていたら、目の前に黒い手が掴《つか》みかかってきていた。攻撃のテンポがズレてしまったか！

「くっ！」

慌ててメイスで受け止めて、そのまま勢いよくふり上げる。柱の残骸《ざんがい》へと叩きつけられた黒い手は、汚らしい音を立てて潰れた。

「あ、危なかった……大きい手のほうなら即死してたわ」

「大丈夫⁉　怪我は⁉」

「ごめん、平気！　でも、ちょっと疲れてきてるかも。早く倒しましょう！」

「そうだね……なんとかしたいけどッ！　くそ、まだ来るか！」

さりげなく私のほうの手まで斬り払ってくれたジュードの刃が、鋭い音を立てて前へ向けられる。

ジュードは頼もしいし、影の本体も縮んできてはいる。それでも、〝まだ終わりじゃない〟ことが、疲れた心を蝕《むしば》んでいく。

焦ったらいけない。わかっているけど決定打がない。

（援軍は来ないの⁉　お城がこんなに壊されているっていうのに、もう！）

とにかく、私たちでできる限り殴ろう。それしか、もう勝つ手立てはない！

［　ミ　ツ　ケ　タ　］

「――…………は？」

ぐちゃぐちゃになっていた思考が、ぴたりと止まった。

視線の先には、さっきふり払った黒い手の残骸《ざんがい》。それが、尺取虫《しゃくとりむし》のように動いている。

――その管《くだ》のような体に、『目』があった。

「なに、あれ……」

どう見ても目だ。黒いコールタールの中に、ぽつんと眼球が浮かんでいる。

虹彩《こうさい》は青く、澄んだ空のような美しい色の――

「アンジェラ‼」

我に返った時には、視界が何かに塞《ふさ》がれていた。

直後、重々しい音と共に、床に叩きつけられる。

「痛ッ……⁉」

鈍痛と共に、肺の空気が一気に抜ける。強《したた》かに打った背中が痛すぎて、立ち上がることができない。

今の一瞬で何が起きたのか。ぐらぐらと揺れる頭を押さえようとして——先に手に触れた何かが、ぬるりと嫌な感触を伝えてきた。

「…………ジュード？」

……ああ、なんてこと。何をやっているんだ私は！

さっき聞こえたのは彼の声だった。視界を塞《ふさ》いでいたのは、硬く引き締まった彼の胸元だ。

私を抱きかかえ、守ってくれたのであろう彼は——その背を血で真っ赤に染めて、ぐったりと転がっていた。

（背中と……左肩も怪我してる‼　早く治療しなきゃ‼）

意識した途端に濃く感じられる鉄錆《てつさび》に似た匂いに、慌てて魔力を注ぎ込む。私のほうの強化魔法が切れて相棒《メイス》が転がっていくけど、そんなものは後回しだ！

「ジュード！　ジュード、ごめんなさい!!　すぐに治すから、死なないでよ!?」

「ぁ……ぐッ！　僕は、まだ生きてるから……魔物、を！」

「――――」

　視線を、動かす。

　抱き合ったまま転がった私たちのすぐ傍《そば》で、あの黒い影が躍《おど》っている。

「……………お前、は」

　影に浮かぶ一粒の眼球は、じっと私を捉《とら》えたまま。

　先ほどまでうんざりするほど攻撃してきていた黒い手たちも、ピタリと停止して、虚《こ》空《くう》からこちらを見ている。――ただじっと、私を見ているだけだ。

「……………私が、狙いなの？」

　思ったよりもハッキリとした声が出たことに、自分でも驚いた。

　眼球はただ浮いたまま。当然だ、『表情』を作ることもできないのだから。

　しかし、私から視線をそらすことはない。それこそが、私の問いを肯定しているようにも見えた。

「……………」

触れたジュードの体からは、血の感触が消えてきている。そろそろ傷は塞《ふさ》がるだろう。相変わらずチートな回復魔法だけど、今はありがたいわ。

「……彼には、手を出すな」

魔力の流れが落ち着くのを待って、ジュードの腕の中から身を起こす。

眼球は少しだけ彼のほうを見たが、すぐに私へ視線を戻した。——これもメッセージだろうか。だとしたら、狙いは私一人なの？

転がってしまったメイスの位置を確認しながら、ゆっくりと立ち上がる。

打った体があちこち軋《きし》んだけど仕方ない。目はそらさず、慎重に、慎重に歩いていく。

「アンジェラ……！」

「まだ動かないで。貧血を起こすわよ」

眼下で身じろいだジュードを、声だけで止めておく。

抱き締められていたからよく見えなかったけど、傷に触れた私の手にはべったりと血がついていた。決して軽い傷ではなかったはずだ。

狙いが私だけなら、ジュードは見逃してもらえるかもしれない。

（……変ね。自我のない魔物に〝見逃してもらう〟だなんて）

そんなこと、脳みそのないヤツらが考えるはずもないのに。

ああでも、脳も心臓もなくても眼球はあるのね。目の前のこいつのように。

「………………」

無言のまま、黒い影と睨《にら》み合う。

いつの間にか影の手は一つに合体しており、最初にふるわれた巨大な腕を形成していた。

人間の手を模《も》した攻撃をする魔物、【誘《いざな》う影】。よく見たらその指先は華奢《きゃしゃ》で細長く、尖《とが》った爪がついている。……今気付いたわ。これ、女の手だったのね。

「お前、女なの？　魔物なのに性別があるの？」

眼球は答えない。ただ、ゆらりと細い体をくねらせて――それを合図にしたように、背後に控えていた巨大な腕が動き出す。

（メイスはちょっと遠いわね。なんとかとりに行きたいけど……一撃食らっちゃうかな）

ものすごく痛そうだなあ、と、構え始めた黒い影を見上げる。

打ちつけた体はまだジンジンと鈍痛を訴えている。ジュードに守られてもこれなんだから、直撃したら、そりゃあ比にならないぐらい痛いだろう。

すぐに治療できればチャンスはあるけど、即死するような攻撃だったら絶望的だ。

（本当に、どうしてこんなところで戦っているのかしらね、私たち）

何が起きているのか、頭はずっと置いてけぼりだ。もちろん対策なんて考えられない。それでも、今の私はここを退《ど》くことだけはできない。私のせいでジュードに怪我をさせてしまったのだ。彼が私を守ってくれたのなら、今度は私が彼を守る番。共に戦うと誓った決意を曲げたくない。……こんな絶望的な状況でも、譲りたくないものはある。

「……ごめんね、ジュード。失敗しちゃったら、貴方だけでも逃げてね」

「アン、ジェラ！　……やめろ、逃げて!!」

黒い腕が大きくふりかぶる。私は腰を落として、じっとそれを睨《にら》みつけた。

爪が空気を裂いて、鋭い音を響かせながら、私へと向けられて——

「伏せろ!!」

唐突に響いた誰かの声に、駆け出そうとした体は慌ててしゃがむことになった。

軋《きし》んだ関節を労《いた》わるヒマもなく、直後に轟《とどろ》いたのは、耳をつんざくような激しい『雷《らい》鳴《めい》』の音。

「雷《かみなり》の、魔術……!?」

待ち望んだ、強敵の唯一の弱点!!

一瞬で目の前が真っ白になり、その中を光が疾《はし》っていくのが見えた。

ふり上げられたままの黒い手は、まるで避雷針《ひらいしん》のように、一身にその光を受けていく。

「――っ!!」

ボコボコという沸騰《ふっとう》に似た奇怪な音と、肉が溶け焦げていく酷《ひど》い臭《にお》い。慌てて鼻と口を塞《ふさ》いでいると、頭上で布の翻《ひるがえ》るような音がした。

「……王都一《いち》守りが堅いはずの城内で、一体何ごとだ。そこの修道女、どういうことか説明をしろ」

「は、はは……」

ああ、この世界は本っ当に優しくないけれど、それでも私たちを見捨てることはなかったようだ。乾いた笑いをこぼす私を、稲光《いなびかり》が落ち着いてもなお、白銀に輝く美丈夫《びじょうふ》が見下ろしている。

何枚もの布が折り重なった独特の白い民族衣装には、森の守護を宿す緑の刺繍《ししゅう》がきめ細かく刻まれており、人間には決してわからない魔と智の力に満ちている。

誰もが見惚《みと》れる白皙《はくせき》の美貌と、この国では高級品である眼鏡。ガラスの奥の瞳は輝く銀色で、背をさらさらと滑《すべ》り落ちるのも銀糸《ぎんし》のような髪。

『地上に降りた月』とも呼ばれる、艶《あで》やかで、どこまでも冷たく美しいその人は。

「……お逢いできて光栄です、月の賢者ノアベルト・フォルカー様」

――攻略対象、ジュード以外にもちゃんといたみたいだ。

まさかこんなところで、こんな出会い方をするとは夢にも思わなかったけどね。

「……お前、俺の名を」

あまり知られていないフルネームで呼んだせいか、彼の柳眉《りゅうび》が歪《ゆが》んだ。うん、美人の睨《にら》み顔はなかなか迫力があるね。

私も聞きたいことは沢山ある。伝えたいことも沢山ある。……だけど。

（ちょっとキャパオーバー……）

色んなことが起こりすぎて、私の筋肉質な脳では対処が追いつきそうにない。それ以上に体力が限界だ。

「お、おい!?　お前、寝るな！」

「アンジェラ!?　しっかりして、アンジェラ!!」

ごめん、ジュード。頭が重くて起きていられないの。魔法を使いすぎたのかもしれない。

ちょっとだけ寝たら、また頑張るから……今は許してほしい。

――閉じていく視界の向こうで、誰かが笑っていた気がした。

＊＊＊

（……ん、なんだろこれ、ふかふかだ……）

まどろみの世界の中、最初に感じたのは頬に触れる心地よい柔らかさ。

全身を包み込むこの感触、これは恐らく上等な羽毛だ。教会暮らしになってからは、ついぞお目にかかれなかった、お高いお布団の温もり。

（ああ、吸い込まれるう……）

せっかく目覚めかけていた頭が、喜び勇《いさ》んで眠りへと戻っていく。身を丸めてお布団を堪能《たんのう》していれば、どうやら着ている寝間着《ねまき》もいつもとは違うものだと気付いた。

こちらもずいぶん上等な生地のようで、指などがひっかかることもなく、さらさらと肌を滑《すべ》っていく。ああ、なんという幸せ空間……私、今日からここで暮らすわ……！

「――アンジェラ」

……なんて惚《ほう》けていた私の耳に、聞き慣れた低い囁《ささや》きが落ちる。

続いて、乱れた髪を梳《す》いてくれる指を感じた。皮が硬く、筋張った男の人の手だ。

「………ジュード？」

名前を口にした瞬間、心地よい空間を邪魔するように戦いの記憶が蘇《よみがえ》ってくる。

ようやく辿りついた王都。強敵【誘《いざな》う影】との戦い。ボロボロになった城内と、怪我を負わせてしまった幼馴染《おさななじみ》の姿。

「……寝てる場合じゃないわ！」

「ん、おはよう、アンジェラ」

さよならお布団、おはよう現実。今度こそぱっちりと目を開いて見た世界には、やはり見慣れた幼馴染《おさななじみ》が、眉尻を下げたまま笑っている。

「無事でよかった……どこか痛いところはない？　お水飲む？」

「怪我をしたのは貴方でしょう。私は大丈夫よ」

身を起こそうとすれば、彼は当然のように背中に腕を回してくれる。彼も動けるようになったみたいでよかった。ちゃんと怪我を治せたかどうかも確認できなかったからね。

（……ところで、ここはどこかしら）

彼の様子にひとまず安心してから、部屋の中を見回す。

淡い花柄の壁紙と、美しい空が描かれた絵画。部屋自体はそこまで広くはないけれど、私が横になっていたベッドはずいぶん大きい。キングサイズというやつかしら。左右だけではなく、足元にもずいぶん余裕がある。

しかも頭上には、深紅《しんく》の天蓋《てんがい》。実家の伯爵家にもここまで豪華なベッドはなかったわ。

「すっごい豪華な部屋だけど……ここどこ？」

「王城の客間だよ。特に大事なお客さんを泊める部屋なんだってさ。すごいよね、ただ寝るだけの部屋でもこれだけ豪華だなんて」

ここが寝室ということは、ジュードの背後の黒い扉を出た先は、廊下ではなく続き部屋なのだろう。さすが王城、スケールが違うわね。

「君は倒れてから二時間ぐらい眠っていたよ。あの時、手を貸してくれた魔術師っぽい人が、お城の人に話をつけてくれたみたいなんだけど……」

ジュードがそこまで言ったところで、扉をノックする音が響いた。

「おい、女のほうは起きたのか？　話ができるなら聞きたいことがあるのだが」

扉越しだからややくぐもっているけど、例の彼の声で間違いなさそうだ。気絶する直前に見たものは、幻ではなかったらしい。

途端に不機嫌になったジュードがこちらを窺《うかが》うけれど、もちろん首肯《しゅこう》する。窮地《きゅうち》を助けてもらった相手だもの、無下《むげ》にはできないわよ。

「……アンジェラは病《や》み上がりです。手短にお願いします」

ベッドサイドにかけてあった上着を私に羽織《はお》らせると、ジュードはゆっくりと扉を開いた。

現れたのは眩《まばゆ》いぐらいの白と銀で彩《いろど》られた美丈夫《びじょうふ》。彼は感情の読めない顔でジュードと私をそれぞれ見た後、軽く頭を下げてくれる。

（乙女ゲームの攻略対象って、やっぱりすごい美形ね）

彼はゲームでは後衛担当の魔術師で、名をノアベルトという。鋭く精悍《せいかん》なジュードとはまた違う、中性的な美人系の男性だ。痩身《そうしん》だけどナヨナヨしているわけではなく、自信とプライドの高さがシャンとした姿勢の良さに表れている。

かつてディアナだった私は、彼にも大変お世話になった。……まあ、今の私もディアナと同じタイプだから、またお世話になるかもしれないわね。

（…………ん？）

私がゲームと現実のすり合わせをしている間、ジュードとノアベルトは何故か扉の前でじっと見つめ合っていた。険悪な雰囲気というわけでもなく、ただお互いの顔を見ている。……どういう状況？

「……一応言っておくわね、ジュード。その人すっごい美人だけど男の人よ？」

「なんの話かわからないけど、僕はアンジェラ以外の人の顔をきれいだと思ったことないよ？」

「……喜んでいいのかしら、それ。じゃあ他に何かあるの？　二人で見つめ合ってたけど」

「いや、この人すごく白いな、と思って」

「俺もこの男、黒いなと思って見ていた」

「仲良しか」

ジュードはともかく、ノアベルトもさらっと答えるものだから、思わずツッコミを入れてしまったわ。確かに、黒髪黒眼に加えて肌も褐色《かっしょく》のジュードに対して、ノアベルトは銀髪銀眼で雪のように真っ白な肌だ。しかも服まで白い。白黒はっきりしすぎて面白い組み合わせではある。

まさか、それを本人たちが真っ先に面白がるとは思わなかったけどね。

「とりあえず冗談は置いておいて……先ほどは助けていただき、ありがとうございました。お見苦しい格好で申し訳ございません、賢者様」

男どもが見つめ合っていても始まらないので、まずは気持ちを切り替えてノアベルトにお礼を伝える。ジュードも空気を読んだのか、彼をちゃんと招き入れて扉を閉じた。

「こちらこそ、女性の寝所《しんじょ》に邪魔をしてすまない。少々急ぎの用でな。なるべく手短に済ませるから、話が終わったらゆっくり休んでくれ」

「お気遣い感謝します。申し遅れましたが、私は神聖教会所属のアンジェラ・ローズヴェルトです。こちらは剣士のジュード・オルグレン。エルドレッド第三王子殿下から推薦をいただき、こちらへ参りました」

ベッドの中なので様《さま》にはならないものの、それっぽい口調と動きを意識しながら頭を下げる。扉の前ではジュードも軽く頭を下げていたが、ノアベルトはそれを制止した。

「俺も同じ部隊に所属する予定だ。自己紹介は他の連中がいる時に聞こう。それより、あの場で一体何が起きたのかを話してくれないか？　あんな惨状に見舞われるほど、王城の守りが軽かったとは思えないのだが」

「……わかりました」

彼を信用していいものか迷ったけれど、そのふるまいに不審さは感じられない。意外な人物が助けてくれたことに驚いたけど、彼を疑っても何も始まらないだろう。

ならば乞われた通りに説明を……と思ったけど、よく考えたら私も説明できるほど状況を把握してなかったわ。招かれて城に来たら、通りすがりのおじさんの影からボス魔物が出て即戦闘だもの。それ以上のことはサッパリわからない。

ということを正直に話したら、ノアベルトは困惑した様子で自分の顎《あご》を撫《な》でた。

「……やはりアレは、泥の魔物の第三進化体だったか。俺も初めて見たな。しかし、ならばよくあそこまで戦えたものだ。俺が加勢した時には、ヤツはすでに瀕死《ひんし》だっただろう？　物理攻撃がほとんど効かない魔物相手に大したものだ」

「ええ、本当に……なんと言いますか、もうただの執念だったと思います」

そう、正《まさ》しく執念。いつか必ず倒せると信じて、ひたすらに戦い続けた。好戦的な性《た》質《ち》だと自覚している私でも二度とやりたくはない。

思わず顔をしかめてしまった私の頭を、ジュードがぽんぽんと撫《な》でてくれる。いくら殺戮《さつりく》兵器の彼でも、あんな戦いはもうさせたくないわね。

「あの場にいた男……お前の言う影の持ち主に心当たりはないのか？　それなりの職についている貴族だそうだが」

「全く存じません。私の父は伯爵位を賜《たまわ》っておりますが、私自身は七歳より教会で暮らしております。以来、貴族社会にはかかわらずに生きて参りましたので」

「ということは、恨みを買った覚えもないと？」

「はい、もちろんです」

眼鏡のレンズ越しの銀眼をまっすぐに見つめて頷《うなず》く。教会育ちどころか、ほとんど戦場育ちだ。デビュタントも済ませていない私に、貴族の知り合いなんているわけがない。あの脂身《あぶらみ》おじさんだって、私のことなど知らないだろう。

第一、「何用か？」と彼のほうから訊《たず》ねてきたのだ。もし私たちが狙いだったとしたら、あんなに堂々と本人が現れるはずがない。

（多分あのおじさんは、魔物に隠れ蓑《みの》として利用されただけだわ）

「……まとめると、何故あんなものが城に現れたのかは、お前たちも知らないということだな」

「はい」

再度の確認に、強く頷《うなず》いて返す。ジュードもしっかりと首肯《しゅこう》したのを確認して、ノアベルトはどこか気だるげにため息をついた。

「わかった、疲れているところにすまなかったな。あの男は無傷で保護されたから、安心するといい。俺の質問はこれだけだ。他の連中との顔合わせについては、追って報《しら》せがくるだろう」

「わかりました。お手数をおかけしてすみません」

「いや。お前たちこそ、城について早々の大立ち回り、ご苦労だったな。あの区画の被害は甚大《じんだい》だったが、死者は一人も出なかった。よくぞ抑えてくれた。俺からも礼を言おう」

「……もったいないお言葉です」

わずかに口角を持ち上げた彼に、ちょっと驚きつつも頭を下げる。不可抗力とはいえ城を壊してしまったのだから、少しぐらいは怒られるかと思っていたわ。

「俺はこれで失礼する。……ああ、そうだ。俺の名前は知っているな？　呼び方はノアで構わない。同じ部隊に所属するのなら、きっと長い付き合いになる。敬語もいらん。ではな」

「え？　あ、はい。ありがとうございます」

最後まで淡々と話すと、ノアベルト……改めノアは、足早に部屋を出ていった。残された私とジュードは、ぽかんと呆《ほう》けたまま彼を見送ってしまう。

「……怒られたり調べられたりするのかと思ったけど、あっさり帰ったね」

「そうね、私も意外だったわ」

ゲームの時の彼は、もっとツンケンした性格のキャラだった。仲間たちとも必要以上に馴《な》れ合わなかったし、略称で呼ばせるなんてもってのほかだ。

だけど今話した彼は、他の仲間のために率先《そっせん》して動いているようだ。ジュードが鎧《よろい》を着なかったのと同じように、ノアもゲームの時とは変わっているのかしら。まあ、初対面でキツく当たられるよりは、とてもありがたいんだけど。

「……まさかあの人、アンジェラが可愛いから点数を稼ごうとしてるのかな」

「面白い発想だけどないわね。彼のほうがよっぽど美人だったもの」

「……君には、自分の外見の破壊力を知ってほしいよ」

妙なことを言い出したかと思えば、ジュードは深くため息をついた。誰が見てもノアやジュードのほうが魅力値が高いと思うのに、身内のひいき目って困ったものね。

とにかく、魔物は無事に倒せたし、攻略対象も一人見つけられた。流れはおおむね順調と見てよさそうだ。

【誘《いざな》う影】が気にならないと言えば嘘だけど、今はそれよりも体を休めることが重要だ。王都までの旅でも散々《さんざん》戦ってきたんだし、他の仲間たちと合流する前に体調を整えておかないと。

「じゃあ私、もう少しだけ寝かせてもらうわね。おやすみジュード」

「ん、おやすみアンジェラ。一応見張っておくから、いい夢を」

＊　＊　＊

「――つまり、彼ら二人があの魔物を引き込んだわけではないのだね？」

「ああ、嘘をついている様子はなかった。あの二人は突然現れた魔物に対して、最善を尽くして戦っただけだ。……敵の狙いがなんだったかは知らんがな」

「……なるほど、護衛の騎士たちの報告とも一致するな」

「ほう？」

「王都までの旅路において、魔物の出現率が明らかにおかしかったそうだよ。それも、彼らと合流した復路のみ。もっと詳しく言うと、『聖女』のほうが途中で〝自分たちの姿を隠す魔法〟なるものを習得したそうだけど、その魔法の使用時は魔物の出現も落ち着いていたらしい」

「……つまり、あの二人が狙われているということか？　それを、本人たちも自覚していると」

「原因が掴《つか》めていない以上、決め付けるのは早いけど……その可能性は極めて高いね。ただ、騎士たちいわく〝彼らは決して敵ではない〟そうだよ。これは三人全員から聞いている」

「ずいぶんと信用しているな。よもや、洗脳されたわけではあるまいな？」

「私の近衛《このえ》から選んだ騎士だよ？　君も会っているはずだ、ノア。先ほどの魔物との戦いで、避難の指示をしていた者たちがそうだけど、悪い魔法の痕跡《こんせき》はあったかい？」

「……なかったな。むしろ、あの二人のことをひどく心配していた」

「予想以上に過酷な旅になったようだからね。その日々を経て、彼らは二人が信頼に足ると感じたのだろう。……出立前よりも、ずいぶんと勇《いさ》ましい姿になっていたし」

「確かに、歴戦の勇士といった風体《ふうてい》だったな。だからこそ、実際に魔物と戦っていたのがたった二人、それも一人は戦いとは無縁そうな修道女で驚いたものだ」

「まあとにかく、君が話していて大丈夫だと感じたのなら、きっと問題はないだろう。彼らには予定通り、私の部隊に加わってもらおう。理由はともかく、魔物に狙われているのが事実なら、国民である彼らを保護するのも王族の務めだしね」

「……保護？　『生餌《いきえ》にする』の間違いでなければいいがな」

「酷《ひど》いな、さすがにそんなことは考えていないよ。しかし、君が人間を心配してあげるなんて珍しいね。彼らはそんなに魅力的だったのかい？」

「そういうわけではないが、あの凶悪な魔物を物理攻撃だけで瀕死《ひんし》にまで追い込んだ二人だ。失うのは惜しいと思うのは普通だろう」

「【誘《いざな》う影】を物理攻撃だけで？　私は第二進化体としか戦ったことがないけど、あの段階でも剣の攻撃があまり効かなかったのに。……それが本当なら、とんでもないな」

「ああ、とんでもないぞ。恐らく、ここに集まった誰よりも強い」

「それはそれは。君の外見に魅了されなかった点といい、頼もしい戦力を得られそうだね」

「魅了した覚えはないからな。もっとも、あの二人にはそんなものは通じないだろう。

黒い男は世の女の理想を体現したような見てくれだったし、修道女はもはや神がかったと言ってもいいほどの美貌だった。互いを見慣れているのなら、並大抵の容姿の異性など歯牙《しが》にもかけんだろうよ」

「ノアが認めるほどの美貌……？　それはまた、本当に女神か何かなのかな」

「俺はあの女を初めて見た時、正《まさ》しくそう思ったな」

「……マジかあ。これは違う意味で脅威だね」

「王族が『まじ』とか言うな。とにかく、俺の務めは果たしたぞ。顔合わせの時間までは休ませてもらう」

「ああ、無理を言ってすまなかった。それまではゆっくり休んでくれ」

ノアベルトが嘆息《たんそく》すると、彼と話をしていた金色の男は小さく笑って、そのまま退室を促《うなが》した。その整った顔には、件《くだん》の二人に対する興味がありありと浮かんでいる。

面倒なことになりそうな気配は感じたが、どうせ同じ部隊に所属するのなら、遅かれ早かれ会うことになる。何故なら、この金色の男こそが彼らを招いた張本人なのだから。

そこでノアベルトはふと思い出した。

（……ああ、あの女が俺の名を知っていたことを言い忘れたか。まあ、気にすることでもないだろう。敵ではないのは確かだろうしな）

＊＊＊

「うーん……休める時間がもらえたのは嬉しいけど、いざこうして待つだけになると、手持ち無沙汰《ぶさた》なものだね」

ジュードはベッドサイドの椅子に腰かけたまま、ぷらぷらと長い脚を揺らしている。

ノアが部屋を出てから早《はや》二時間が経った。寝ようと思ったのだけど、彼と入れ替わるように現れた侍医《じい》さんから問診を受けることになり、そのままなし崩し的にダラゴロしている。

初めこそ出された軽食とお茶の質の良さに感激していたけど、どうやらジュードはそれにも飽きてしまったようだ。

「アンジェラは一応安静にしていたほうがいいと思うんだけど、僕は元気だしね。隣の部屋とかで少し体を動かしてきてもいいかなあ」

そわそわと落ち着きなく肩を揺らす仕草は、正《まさ》しく子どものそれだ。普段は年齢に不相応なほど落ち着いているくせに、さすがに王城に来てテンションが上がっているのだろうか。

一方の私はといえば、侍医《じい》さんにも安静にしていろと言われてしまったので、布団に入ったままだ。上半身だけ起こして、座った姿勢で彼を眺めている。

「………あの、さ。アンジェラ」

「ん？　何？」

「ずっと気になってたんだけど。なんでその……僕のことじっと見てるのかなーって」

「いやだって、ジュードその服すっっっっごく似合うから」

「―――――ッッ!!」

素直な感想を告げたところ、ジュードは頬を真っ赤に染めて両手で覆《おお》い隠した。最近は好意を隠さない言動が目立っていたから、ちょっと新鮮な反応だ。

実はこの部屋で目覚めた時から気付いていたのだけど、ジュードの服装が変わっていた。【誘《いざな》う影】との戦いで汚れや血が沢山ついてしまったし、エイムズさん辺りが用意してくれたものだろう。

――新しい衣装は、なんと騎士団の制服だった。

護衛の騎士たちを見た時は『うわ、金装飾だ。高そう』ぐらいの感想しか抱《いだ》かなかったのに、着ている人間が違えばこうも変わるものかと感動したわね。

藍色《あいいろ》の詰襟《つめえり》の上着には、前述の通り金の刺繍《ししゅう》が入っているのだけれど、彼が着ているとギラギラした雰囲気にはならず、むしろ暗めの色を華やかに見せてくれている。

デザイン自体は厳《いか》めしくカッチリしたもので、ポケットなども普通の服とは違う位置についている。制服というよりは〝軍装〟と呼んだほうが合うだろう。

意外とピッタリした作りなのか、ジュードの引き締まった体が素晴らしく映《は》えるし、膝《ひざ》まである少し長めの上着も、動きを邪魔しないよう各所にスリットが入っている。服を着ているのに漂《ただよ》う色気は、この辺りの作りのおかげか。

下は灰色のパンツと、膝《ひざ》まである革と金属のブーツ。防具はついているけれど、デザインはシンプルで機能的な一品。脚の長さが目立つ目立つ。

とにかく、長身で色っぽい系の美形の彼にはとんでもなく似合うのだ。長年この容姿を見慣れている私ですら、『萌え』という感情を思い出すほどに。

「いやあ……いいね、素晴らしい。騎士の制服がこんなにときめくものだなんて、貴方が着るまで気付かなかったわ。ジュード最高、目の保養をありがとう！」

「……あのさあ、アンジェラ」

夢見心地で彼を称《たた》えていれば、妙に低い声を出しながらジュードが顔を覆《おお》っていた手を離した。

ゆっくりとこちらに向き直る頬は、まだしっかり赤い。

「僕がどれだけ耐えてるか知ってる？　こんな大きなベッドがある部屋に、君と二人っきりで……しかも君は、ずいぶんと脱がせやすそうな寝間着《ねまき》姿だし。ねえ、僕を煽《あお》って
そんなに楽しい？　そんなに襲われたいの？」

「えっ、そんなこと考えてたの？」

「何度も言うけど、僕はだいたい君のことしか考えてないからね」

――落ち着きがなかったのは、王城にテンションを上げていたわけじゃなかったのか。

これまで狭い馬車に二人きりでも平気だったし、一緒のベッドにいても寝るだけだった。なんだかんだ言いつつも、私に色っぽい欲求は抱いてないと思ってたよジュード。

思わず呆《ほう》けてしまった私に、ゆらりと立ち上がった彼が歩み寄ってくる。ジュードはそのまま私に覆《おお》いかぶさるようにベッドに手をついて、紅潮した顔を近付けてきた。

「……ねえ、アンジェラ。そんなに気に入ったのなら、これ着たままでも僕はいいよ？

それとも、君が自分で脱がせたい？」

「落ち着いてジュード。色気の暴力はよくないと思う」

「暴力はどっちだよ。自覚してよ、アンジェラ。君は可愛いしきれいだし、本当に素敵な女の子なんだよ。僕はいつだって触れたいのを我慢してる」

いいや、我慢してないよね、セクハラ魔よ。きっともっと深い意味の〝触れたい〟なん

だろうとは思うけど、セクハラは普通にしてるからね!?

熱に浮かされた黒眼は、蕩《とろ》けそうなほど甘い色を浮かべて揺れている。――これは、恋愛に興味がない私でもグラッときそうだわ。

「……全く、その気がないなら心臓に悪いことばかりしないでよ。戦ってる時だって、僕をかばったり逃げてとか言ったり。挙句の果てに倒れるなんて。起きてくれるまで生きた心地がしなかったよ」

「あれは……ごめんなさい。あの変な魔物をどうするかで頭がいっぱいだったのよ。貴方に怪我もさせちゃったし」

「僕のことを思ってくれるなら、ちゃんと自覚して。僕にとって君は本当に大切な人なんだ。叶うなら、この腕の中に閉じ込めておきたいぐらい。……もしわからないって言うなら、今ここで、僕がどれだけ君を大事に思っているのか教えてあげても――」

ときめきやら戸惑いやらで、体温も上がってきた……という正にその瞬間。

「失礼いたします。エルドレッド殿下から、お召し物を預かって参りました」

「…………」

硬質なノックの音と共に現実に引き戻されたジュードは、がっくりとわかりやすくうなだれた。

「……時間切れよ。どいてね、ジュード」

「躊躇《ためら》わずに、さっさと手を出せばよかった」

「そんなことになったら私も抵抗するわよ。ここ借りてる部屋だし」

粘《ねば》るかと思いきや、ジュードはあっさりと体を起こし、何ごともなかったかのように扉のほうへ向かっていく。なんだ、もっと名残《なごり》を惜しんだりしないのか、と窺《うかが》っていれば――彼は扉を開ける前に、少しだけふり返って笑った。

「嘘は一つも言ってないから。あんまり油断しないでね、アンジェラ」

「……肝に銘《めい》じておくわ」

大きな犬だと思っていたら、どうやら狼の血が混じっていたみたいね。やれやれと頭をふって、彼と入れ替わりで入ってくる侍女さんたちを迎える。

……私の頬も少しだけ熱を持っていたけど、今は気付かなかったことにしておこう。

＊＊＊

「まあ！　まあまあまあ!!　本当によくお似合いで……まるで花の妖精のようです！

ああっ、なんて可憐なのでしょう!!」

「は、はあ……アリガトウゴザイマス」

ずいぶんとテンションの高い侍女さんが、鼻息荒く賞賛してくれる。

着替えの指揮をとっていた彼女は、年齢的にもきっと立場のある人だと思ったんだけど、今はまるで少女のように頬を染めて目を輝かせている。その視線の先、彼女たちが持ってきてくれた姿見に映る私の顔は、どう見ても苦笑いだ。

王子様が用意してくれた着替えは、貴族の令嬢が着るようなツーピースの深紅《しんく》のドレス。

といっても、夜会へ着ていくような豪奢《ごうしゃ》なものではなく普段着のドレスだ。丈もふくらはぎ辺りまでしかない。いつもの修道服と比べれば、これでも充分長いけどね。

しかし、さすが王族が用意してくれただけあり、シンプルながら可愛いデザインで肌触りも良い。既製品だろうけど値段は考えたくないわ。汚さないようにしよう。

姿見の中から着飾った私がこちらを見返している。いつもと印象が違うのは、軽く化粧をしてもらったからだろう。腰まで伸ばしっぱなしの髪も、毛先を巻いてくれている。

(それにしても、花の妖精というのは大げさじゃないかしら)

……自分で言うのもなんだけど、私の顔立ちは悪くない。いや、良いはずだ。ジュードも褒《ほ》めてくれるし。けれど私は『アンジェラ』のもっときれいな姿を知っている。

ゲームのキャラだった彼女は、儚《はかな》い系美少女の代表だった。彼女でプレイしたことはないけど、いかにも守ってあげたくなるような愛らしい姿はよく覚えている。

だけど今は、他ならぬ私自身がそうなるのを拒《こば》んだおかげで、女子力の足りない『劣化アンジェラ』な外見だ。胸のお肉も足りないしね！

もちろん後悔はしていないけど、今の私を絶賛されてしまうと、どうしてもいたたまれない気持ちになるのだ。

「あの、どこかお気に召さないところがございましたか？」

「え？　ああ、違うんです、ごめんなさい。こんなにきれいなお洋服を着たことがないものですから、少し緊張してしまって……」

ふと、背後に困った様子の侍女さんたちが見えて、慌てて表情を取り繕《つくろ》う。彼女たちの仕事自体は完璧だったのだ。あまり沈んでいては失礼だろう。

よそ行きの笑みで感謝を告げれば、「ほう……」と深いため息が聞こえてくる。呆れではなく、うっとりしているほうだ。劣化版でも喜んでくれるのなら、まあいいか。この世界のアンジェラは私しかいないのだしね。

改めて彼女たちにお礼を言ってから、そろって寝室を出る。着替えの間、ジュードは隣の部屋で待っていてくれたのだ。

「お待たせジュード、着替え終わったわよ」

これまた豪華なソファで紅茶を飲んでいたジュードは、私の姿を一目見るなりソーサーごとカップを机に叩きつけた。

「——待って無理。アンジェラ止まって、この部屋を出ちゃダメ」

「なんで⁉」

無理ってなんだ、そんなに似合っていないのか⁉　いや、その前に城の備品なんて弁償できないから大事に扱ってよ⁉

「そ、そんなに変？　ドレスはすごく良いものだし、侍女さんたちは褒《ほ》めてくれたんだけど……」

「逆‼　変なんじゃなくて、似合いすぎなんだよ‼　君を見慣れた僕でさえ胸が苦しいのに、他の男になんて見せたくない！　絶対に悪い虫が寄ってくるよ⁉」

「……あ、そっちか」

よく見れば、ジュードの頬は真っ赤に染まっている。からかっているわけではなさそうだ。

彼はよろよろしながらソファから立ち上がると、私の手をとった。侍女さんたちは空気を読んで退室してくれたらしい。

「……アンジェラって、本当にきれいなんだね。もちろんいつでもきれいだけど、ちゃんとした格好をすると恐れ多いぐらいだよ。……僕がそういうものを贈ってあげられたらよかったのに」

「いらないわよ。この服が似合ってるなら嬉しいけど、別に着飾りたいと思ったことはないわ。ドレスって可愛いけど動きにくいし」

「はは、君らしいね。……でも、やっぱりちゃんと言わせてくれる？」

「ん、何を？」

ふっと顔を近付けた彼が、耳元で甘く囁《ささや》いた。

「……すごくきれいだよ、アンジェラ」

「……っ!?」

心地よい低音が背筋を駆け抜けて、ぞわりと肌を粟立《あわだ》たせる。慌てて押しのけようとすれば、その前に逃げられてしまった。

「ジュード……人をからかって楽しい？」

「失礼な、僕はからかってなんかいないよ。それに、さっき油断しないでって言ったばかりだろう？」

耳を押さえる私に、彼はニヤリと口角を上げる。悔しい……これだから乙女ゲームの攻略対象ってやつはもう！　息をするように色気をまき散らかして、心臓が破裂したらどうしてくれる!!

「さあ、お嬢様。改めて、お手をどうぞ。本当はどこにも出したくありませんが、王子様を待たせては怒られてしまいますからね」

「……今は貴方の手はとりたくないんだけど」

「まあまあ、そう言わずに。……君が自覚してくれないから悪いんだよ？　可愛いしきれいだって僕はずっと言ってるのに。信じてよ、アンジェラ。僕の素敵なお嬢様」

「社交辞令ありがとう、服装だけのエセ騎士さん！」

優雅に差し出された手をあえて荒々しく掴《つか》んで、彼と共に客間を出る。ちょうどタイミングよく、王子様の使いの人が迎えにきてくれたようだ。

それにしても、王城は隅々《すみずみ》まで豪華で美しい。石の柱には彫刻が施《ほどこ》され、廊下の壁には天使と女神が端から端まで描かれている。足元すらも毛足の長い深紅《しんく》の絨毯《じゅうたん》が敷かれていて、踏むのがもったいないぐらいだ。

しかし、いきなりボス魔物が出たような場所でもある。油断は禁物だろう。

――――何よりも。

（これから会いに行くのは、『乙女ゲームの攻略対象』たちなのよね……）

戦うことにばかりかまけていたけど、ここは一応乙女ゲームの世界だ。強行突破するようなダンジョンがあろうが、冒涜《ぼうとく》的な外見の敵が出ようが、あくまでメインはイケメンとの恋愛だった。もちろん、彼らに会えるのは楽しみでもあるけど。

「彼らもジュードみたいに、色気をまき散らす輩《やから》だったらどうしよう……イケメン怖い」

思わずぽろっと口に出してしまったら、幼馴染《おさななじみ》の後ろに鬼が見えた。

「へえ、そうなの？　アンジェラに手を出そうとするなら、僕は優しくできる自信はないよ」

「ちょっと、笑ったまま殺気立つのはやめて。殺戮《さつりく》兵器、ハウス！」

まあ、彼らが私に手を出すようなことはないだろうけど、イケメン祭りに胃を痛める覚悟はいるかもしれない。

（それに、彼らがいるのなら……きっと〝彼女〟もいるわよね）

――ふと頭をよぎった姿に、頬がゆるんでしまう。これから会いに行くのが王子様を含めたゲームのメインキャラたちなら、きっと彼女もそこにいるだろう。

もう一人の主人公。かつての私がずっと使っていた、愛《いと》しいメスゴリラ・ディアナが。

＊　＊　＊

案内役の従者さんについて歩くこと十数分。いくら建物が豪奢《ごうしゃ》で美しくても、それを楽しめたのは最初だけだった。

着慣れない服で知らない場所を連れ回されれば、当然気疲れしてくるもの。あとどれぐらいかかるのか確認しようとした頃、「到着しました」という言葉がようやく聞けた。

「家の中でこんなに歩き回らないといけないなんて。お金持ちって大変だね」

コキコキと首を鳴らして苦笑するジュードに、私も肩をすくめて返す。

歩くこと自体は苦ではないけど、借り物の靴は履《は》き慣れない上にあちこちから好奇の視線を向けられたものだから、ずいぶん長い道のりに感じてしまったわ。

目の前には高さ三メートル近い両開きの大きな扉。すでに他のメンバーは中にいるそうだ。親睦会《しんぼくかい》を兼ねた茶席も用意されているらしい。

昼時はすぎてしまったけど、夕食には早すぎる。ちょっと特別なおやつの時間と考えればちょうど良さそうだけど……

「……警戒されているってことかしら？」

「ん、どうして？」

「茶席ってことは、椅子に座るでしょう？　その体勢からだと、どうしても動くのが遅れるじゃない。武器も持ってきちゃダメって言われたし、顔合わせだけなら別に座る必要はないと思うんだけど」

「考えすぎだよ。これから一緒に戦う人を、最初から疑ってかからないほうがいいって。そのつもりで僕も丸腰で来たんだし」

……素手で戦っても魔物を倒せる殺戮《さつりく》兵器が何か言ってるわ。ともあれ、ジュードの言う通り、いきなり疑ってかかるのはよくないかもしれない。もし万が一彼らと戦うようなことになったら、私の強化魔法を使えば戦えるだろう。

ちなみに私たちの武器は、エイムズさんと騎士団が預かって手入れをしてくれているらしい。【誘《いざな》う影】との戦いでちょっと傷がついてしまったからありがたいわ。この場に持ってこられなかったのは残念だけどね。

「さすがに王子様は、僕らみたいな戦闘脳ではないと思うよ？」

「貴方、自覚があったのね。……わかった。せっかくジュードが恋敵《こいがたき》になるかもしれない相手と仲良くしようとしているのだし、変に警戒するのはやめるわ」

「あ、それとこれとは話が別だから」

「おい」

緊張をほぐすように冗談を言い合って、どちらからともなく笑う。

……よし、大丈夫。たとえ扉の先にまたボス戦が待っていたとしても——いや、それはさすがに遠慮したいけど。誰がいても対峙《たいじ》する覚悟は決まった。

目で合図を交わして、扉へ手を伸ばす。ノックを、と手を握ったところで——

「おーい、いつまでそこにいるの？　待ちくたびれたぞー？」

予想よりも遥かに軽そうな扉が内側から開かれた。

大きいから重くて頑丈な扉だとばかり思っていたのに、軽い木でできたごく普通の扉だったようだ。わずかな隙間から、ひょこっとハネた髪の毛が覗いている。

茶色に近いアッシュグリーンの髪。この色はゲームでも見たわね。

「貴方もしかして……ダレン・サイアーズ？」

「お？　オレのこと知ってるのかい？」

思い当たったキャラ名を口にしてみれば、どこか弾んだ声が返ってきた。

（本当にいるのね、攻略対象が。私の知っている名前と声で）

不安ばかりだった心を、期待が上書きしていく。王子様を含めれば四人は確定。たとえ主人公がゲームとは大きく変わっていても、世界は必要な人間をちゃんと集めてくれたようだ。

感激している間にも扉はどんどん開かれて――三人目の攻略対象が顔を出す。

しかし、私とジュードを一目見るなり、驚きに目を見開いたまま硬直してしまった。

「……な、なんでしょう？」

いつものメイスを背負った姿ならともかく、今の私はパッと見ただの貴族令嬢だ。初対面の人間に驚かれるような要素はないはずだけど……一応服を確認してから、彼の反応を待つ。

たっぷり五秒以上固まっていた彼は、ぽつりと感想をこぼした。

「…………びっくりした。マジで女神が降りてきたのかと思った」

「あ、そういうお世辞《せじ》は結構ですから」

何言ってんだこいつ、とツッコミそうになったのを抑えて、呆《ほう》けたままの彼を制止しておく。出会って数秒でリップサービスを吐かれるとは思わなかったわ。多分、服装のせいだと思うけど。

「……へえ？」

おかげでジュードが早くも殺気立ってしまった。自己紹介もまだなのに、新キャラといきなりケンカなんてされたら、たまったもんじゃない。

「ジュード、やめなさい。……遅れてしまったみたいだし、入らせてもらいますね」

まだぽやっとしたままのダレンを押しのけ、急いで部屋の中へ入っていく。今回のミッションは、無事に顔合わせを終えることだ。

「――来たね」

大きな扉の先は、この城には少々不似合いなほど何もない簡素な一室だった。

しかしだからこそ、部屋の中心に立つ二人の男性の容貌が非常に映《は》える。

そのうちの一人はノア。そしてノアの銀色と対《つい》になる金色をイメージカラーとする〝彼〟は、穏やかに笑いながら私たちを手招いた。

「ようこそ。よく私の誘いに応じてくれたね。礼を言うよ」

「もったいないお言葉。こちらこそ、お目にかかれて光栄です、殿下」

立場上、当たり前の作法として跪《ひざまず》こうとしたら、彼本人に止められた。ゆるく波打つ蜂蜜色の髪と、輝く金色の瞳。深紅《しんく》のマントと上等な軍装に身を包む彼は、乙女ゲームの攻略対象にして今回の部隊の招集者。

「初めまして、エルドレッド・ギラン・ウィッシュボーンだ。王族という立場ではあるけど、今回は君たちに協力を頼んでいる身だ。気負うことなく、好きに呼んでくれて構わないよ」

──第三王子エルドレッド。このウィッシュボーン王国の本物の王子様である。出端《でばな》から呆《ほう》けていたダレンとは違い、とても落ち着いた佇《たたず》まいだ。リーダーはそうでなくっちゃね。ちなみに彼も前衛系のキャラだ。腰に提《さ》げた美しい直剣は、決して飾りではない。

そんな王子様を見つめていると、やや不遜《ふそん》な様子で隣にいたノアが動いた。背中で躍《おど》る銀糸《ぎんし》が、照明を反射してキラキラと輝いている。

「俺の名前は知っているようだが、一応名乗ろうか。ノアベルト・フォルカーだ。縁あって、今回はお前たちに協力することになった。……よろしく、でいいのか?」

「なんで疑問形なんだい、ノア」

王族よりも偉そうなノアに、王子様はくすくすと笑いながら言った。普通ならば不敬にあたるところだけど、どうも二人は知り合いみたいだ。……そんな設定、ゲームにはなかったはずだけど。

ともあれ、先に会っていたノアは、実はファンタジーでお馴染《なじ》みの『エルフ』である。人間よりも少し尖《とが》った耳が、長い髪の間からチラチラと見えている。

普段は清浄な森で暮らしているため、ごちゃごちゃした町やそこに住む人間をあまりよく思っておらず、プレイヤーにも結構ツンケンしていたはずなのだけど。

（よろしく、なんてずいぶん友好的ね。部屋に話を聞きに来た時も、態度が柔らかかったし。これも王子様と仲良くしているからなのかしら？）

理由はわからないけど、同じ部隊に所属するならツンケンはされないほうがもちろんありがたい。ジュードと共に頭を下げれば「二人とも似合っているぞ」と、とってつけたようなお世辞《せじ》を返してくれた。

――――さて。

（流れ作業のように挨拶《あいさつ》を済ませてしまったけど――これはどういうことなのかしら）

改めて、部屋の中へと視線を巡らせる。

家具の類《たぐい》は一切ない、無地の壁に囲まれた十五、六畳ほどの部屋だ。

中央には金銀の二人が並んで立ち、入り口の傍《そば》にはダレンがいる。

その他は、壁際に黒いローブを着た猫背の男が一人。その向かい側の壁際には、深い青色の鎧《よろい》を着込んだ重装備の騎士が一人。

――――それだけだ。ゲームと比べて人数が足りない。

（名乗っていない二人も、多分誰なのかは想像がつく。でも六人しかいない。この場には主人公が二人と、攻略対象が八人、全部で十人いるはずなのに）

今いるのは、私を入れても七人だ。後衛系の攻略対象が二人と、〝彼女〟が足りない。

「まさか……」

ふと、嫌な予想が頭をよぎり、血の気が引いていく。この世界における『私』以外の変化――そう、うんざりするぐらいに激化している魔物の大量発生だ。

この場に集まるまでは、彼らも各自の出身地で戦っていたはず。ゆえに王子様のお眼鏡にかない、ここに招かれたのだから。

――けれど、もし。この過酷な現実に順応できなかったら？

そして、ここに集められる前に、力尽きてしまったのなら。

「……アンジェラ？　顔色が悪いよ、大丈夫？」

すぐ隣からの聞き慣れた声に、少しだけ落ち着きを取り戻す。

そうだ、私もジュードもゲームの時とは変わっている。この過酷な世界を生き抜くために強くなった。

私たちにできたことが、『主人公』である彼女にできないわけがない。そう簡単に負けてしまうなんて、そんなことはないはずだ。

「……大丈夫かい？」

ジュードに続いて王子様も声をかけてくれる。本当に心配してくれているようで、悪意などは感じられない。――きっと彼にならば、言っても大丈夫だろう。

「……失礼いたしました。私は神聖教会に所属しております、アンジェラ・ローズヴェルトと申します。この場での発言に偽《いつわ》りがないことを主《しゅ》に誓った上で、エルドレッド殿下にお聞きしたいことがあるのです。お許しいただけますでしょうか？」

「そう固くならなくていいよ、『聖女』殿。私に答えられることならなんなりと聞いてくれ」

王子様は少し驚きつつも、特に気を悪くした様子もなく了承してくれる。

（ゲーム云々《うんぬん》は言うわけにはいかない。だったら……）

すっと背筋を伸ばして、なるべく神聖な感じに見えるように立つ。組んだ手は胸元に、伏し目を心がけて、ゆっくり口を開く。

「……かつて私は、主《しゅ》より天啓を授かりました。来《きた》るべき戦いの時に、私の力が必要になる、と。その際に、実はこの部隊のことも聞いていたのです。尊《とうと》い血筋のもとへ集まる、信頼できる仲間たち。彼らと絆《きずな》を結び、混沌《こんとん》を払うべし。……ですが、私がかつて聞いた仲間は十人でした。男性が八人、女性が二人。今、この場に集まる人数との差異に、何かお心あたりはございますか？」

「――……それ、は」

王子様の顔が明らかに強張《こわば》った。どういう意味かはわからない。しかし、話の内容に心あたりがあるのだろう。

ジュードにもここまで詳しく話したことはないので、ちょっと驚いているようだ。……まあ、これも捏造《ねつぞう》なので許してほしい。神様いつもすみません。

「……驚いたな。神の寵児《ちょうじ》には、そこまでの情報が与えられていたのか。我らの神に見られているのならば偽《いつわ》っても仕方ない。確かに私が手紙を出した人間は、全部で十人だよ。そのうちの三人の男から、この場には集まれない、あるいは参加できないという返事を受け取っている」

「…………………男？　女性はいないのですか？」

思ったよりもアッサリと告げられた事実に、むしろこちらが驚いてしまった。

男二人はわかるのだ。……ぶっちゃけてしまうと、一人は『ディアナ専用の攻略対象』である。特徴的な容姿を持つ彼がいないから、私の嫌な予想が加速してしまった。

(欠けたのが全員男なら、ディアナはどこにいるの？　まさか、彼女のほうもゲームとは変わってしまって、招集メンバーに選ばれなかったってこと？)

……いや、癒《いや》しの聖女だったはずの私が『殴り聖職者』になっても選ばれたのよ？

同じ『主人公』である彼女が選ばれないなんてことはないはずだわ。

それともまさか、私が戦闘屋に変わってしまったから、ディアナのほうが逆にか弱い乙女になってしまったとか？

人前であることも忘れ、悶々《もんもん》と考え始めてしまった私を、ジュードが心配そうに見守っている。他のメンバーも同様で、初対面なのに優しい空気が——ん？　何か違うわね。

（この雰囲気、心配されてるんじゃないわ。なんとも言いがたい感じの……困ってる？）

微妙としか表現できないような雰囲気の室内。そこに、唐突にズシンと重い音が響いた。

「ハッハッハッハッハ!!」

次いで響き渡るのは、低く勇《いさ》ましい笑い声。発信源を見れば、壁際に立っている騎士だった。

高い位置で結い上げた赤髪と、日に焼けた肌。体格は非常に大きく、ムッキムキな体は鎧《よろい》の上からでもよくわかる。むしろ、鎧《よろい》がはちきれそうなぐらいだ。

ジュードも長身だけど、それを遥かに上回る高身長……二メートルを軽く超えているだろう。腕も脚も丸太のように太く、貧弱な私と比べたらその差に絶望してしまいそうだ。

「————う、ん？」

ふと、あることに気付いてしまった。

身にまとう鎧《よろい》は騎士団のものだ。そこには、花をモチーフとした模様が彫り込んである。

鋼《はがね》に刻まれた、唯一の華やかさ。いかつい男所帯で生活しつつも、自分らしさを失わないための、ささやかなお洒落《しゃれ》――これは〝女性騎士〟の鎧《よろい》だ。

……ちょっと待て。待ってくれ。脳の整理が追いつかない。けど、記憶は語っている。

私の愛《いと》しいメスゴリラは『赤い髪に緑の瞳』を持っていたと。

「いやはや、すまぬなアンジェラ殿。初対面の女性に我の性別を見極めよというのは、少々無理があったな」

口から出る声は、地の底から響いてくるような低さだ。一般男性と比べてもかなり低い。

しかし、その体躯《たいく》と容貌にはこの上なく合っていて――これはもう、認めるしかないだろう。

「……もしよろしければ、お名前を教えていただいても？」

「うむ、もちろんだ。我が名はディアナ・トールマン！　トールマン伯爵家に籍を置く、騎士の端《はし》くれよ！」

呵呵大笑《かかたいしょう》。聞いていて気持ちが良いぐらいの笑い声が響き渡る。

……嗚呼《ああ》、嗚呼《ああ》。そうか。そうだったのか。

神の選択は正しかった。そりゃあ私なんかがディアナになれるわけがなかったのだ。

メスゴリラ？　オーク？　いやいや、そんな生易《なまやさ》しい覚悟じゃ、この頂《いただき》には至れない。

「――見事!!」

さすがに世紀末覇者には勝てないよね!!

清々《すがすが》しい敗北感と共に、私は差し出された巨木のような腕をがっちりと握り返すのだった。

＊　＊　＊

なんやかんやありつつも顔合わせは無事に済み、続きの間に用意されていた茶席へ通されることになった、私たち七名。

お菓子だけではなく軽食もあり、昼食をとっていない私とジュードにとっては大変ありがたい配慮だった……のは良いのだけど。

「ねえ、あんまり聞きたくないんだけどさ。アンジェラって結構ムキムキな感じが好みなの？」

「男のマッチョに興味はないわよ」

「いや、だってアンジェラが初めて恋する乙女みたいな顔を見せた相手が、よりにもよってムキムキの女性だなんて……十年来の幼馴染《おさななじみ》としては、どう反応していいのか迷うよ？」

ジュードは一人おかしなことで悩みながら、深くため息をついている。別に反応してくれとは頼んでいないんだけど、律儀《りちぎ》な男ね。

「なんでも恋愛に結びつけないでよ。あのね、ジュード。脂肪のつきやすい女性の身で、あの鋼《はがね》のような肉体を持っているからこそ、彼女は素晴らしいのよ！　筋肉がつかなくて私がどれほど苦しんでいたか、貴方が一番よく知っているでしょう？」

恋愛的な好き嫌いは置いておくとして。妙な嫉妬《しっと》を我が愛《いと》しのメスゴリラ……改め、〝ディアナ様〟に向けられるのは許さない。キッと睨《にら》みつければ、彼は困惑しつつ言葉を濁《にご》した。

「それはそうなんだけどさ……」

「ジュード、覚えておきなさい。彼女こそ私が長年求め続けた姿！　真の戦う乙女よ!!　私の敬愛の心を、好みや恋と一緒にしないでくれるかしら!?」

「アンジェラ殿は愉快な女性だな！　我をそのように評する者など、この王都にもなかなかおらぬぞ」

「なんと！　王都には見る目のない者が多すぎますね！　ご安心下さいませ、ディアナ様。神に選ばれたこの身をもって、貴女様の尊《とうと》さ、ありがたさを世に知らしめてみせます!!」

「おーいアンジェラ、帰ってきてー……」

いつの間にか彼女も会話を聞いていてくれたようだ。穏やかで力強いその笑みに、応《こた》える声にもつい力が入ってしまう。

ちなみに、他が普通の椅子なのに対して、ディアナ様の席だけ大きめのソファだったのは、驚きを通り越して感動してしまったわ。普通の椅子ではあの体を支えられないのね！

美少女然とした容姿だのチート魔力だの、そんな小さなことはどうでもよくなってしまうほどに、彼女の姿は輝いて見える。ああ、この身もいつか、あの頂《いただき》へ届くことができたなら……!!

「……どうしよう、あんなに恍惚《こうこつ》とした表情のアンジェラ初めて見た」

「うーん、ディアナ姐《ねえ》さんは決して悪い人じゃないんだけど、アンジェラちゃんがアレを目指そうとするのは、オレも止めたいかな」

「そういうことなら俺も協力しよう。ただでさえ男だらけでむさ苦しい部隊なんだ。唯一の女らしい女がいなくなるのは、俺も我慢できん」

「そうなったら……もうノアが美人枠になるしかないよね」

「誰が女顔だって？　王族でも容赦はせんぞ、表に出ろ」

「まあまあ賢者様、殿下は美人だって言ってるだけで、性別どうこうは言ってませんよ。オレとしては、殿下も結構イケると思いますけどね。きれいな顔だし、女装も似合いそうですし」

「あはは。ダレン、首がいらないのかな？」

――私がディアナ様に見惚《みと》れている間に、顔合わせの済んだ四人の男たちは、身を寄せ合って何やら話し込んでいた。ジュードは所在なさげだけれど、他の三人はずいぶんと親しそうだ。立場や身分の違いがあるのに、なかなか予想外の光景である。

（……そういえば、ダレンとちゃんと話してなかったわね）

不本意なリップサービスをもらったせいで、きちんと名乗るのを忘れていたわ。

ちょっとクセのあるアッシュグリーンの髪と、猫のような緑色のツリ目を持つダレンは、軽そうな雰囲気と見た目によらず、第三王子エルドレッドの近衛《このえ》騎士の一人である。

しかも彼は、護衛ではなく諜報《ちょうほう》系の任務を専門としている。

非常に身軽でスピード重視。私が魔法で使っている『隠密《おんみつ》』も、ゲームでスキルとして使えたのはダレンだけだ。コミュニケーション能力が高いのも、諜報《ちょうほう》活動の賜物《たまもの》だろう。

何とはなしにダレンを見ていれば、金銀二人の美人に詰め寄られていた彼が、パチンとこちらにウインクを寄越した。さすが、人の視線には敏感だわ。

「不躾《ぶしつけ》でしたね、すみません」

「君みたいな美少女に見つめてもらうのは大歓迎だよ。ただ、この大人気《おとなげ》ない二人と、怖い顔した君の幼馴染《おさななじみ》をなんとかしないと、お話しするのは難しそうだね」

言われてみれば、幼馴染《おさななじみ》が静かに殺気を向けている。

「……ジュード、やめなさい」

とはいえ、その殺気もいつもよりは弱いので、部隊の仲間として遠慮はしているのかもしれない。

「心の狭い男ばかりで嫌になるね。で、オレに何か？」

「ジュードがすみません。その、ちゃんと名乗っていなかったなと思いまして。改めまして、私はアンジェラ・ローズヴェルト。彼はジュード・オルグレンです。どうぞよろしくお願いします」

「これはご丁寧にどうも。もう知ってるみたいだけど、オレはダレン・サイアーズだ。ダレンと呼び捨てで構わないよ。オレは君と違って実家も平凡で、爵位とか持ってないからね」

にっこりと人好きのする笑顔で応《こた》えてくれたけれど、やはり彼は押さえるべきことは押さえているみたいだ。私は実家が伯爵家だなんて、彼には言っていないのに。

ひらひらと手をふる彼に、とりあえず頭を下げて返しておく。年齢は多分、十六歳の私がこの中で一番下のはずだ。呼び方はダレンさん、あたりでいいだろう。

ダレンと自己紹介を済ませていたら、ふとあることに気付く。彼に詰め寄っていたはずの王子様が、ジュードのほうを見つめていた。ジュードはスルーしているけど、どうも外見を確認しているらしい。

……まさか、悪魔の色がどうこう言い出すのかと不安になったけど……王子様はそのまま満面の笑みを浮かべ、スッとジュードの手をとった。

「……な、なんでしょうか？」

「失礼したね。珍しい容姿だからそうだろうとは思っていたんだけど、やはり間違いなさそうだ。かつて君と同じオルグレンという騎士に、上の兄がとても世話になったのだけど、親族から話を聞いていないかい？」

上の兄って第一王子……つまり王太子殿下のことかしら？　ジュードの親族で除隊した騎士といえば、あの町にいた叔父さんがそうだ。

驚きながらも彼が頷《うなず》けば、王子様は眉尻を下げつつも笑みを深めた。

「実は彼が騎士を辞《じ》する原因となった怪我は、兄を守ってのものなんだ。寡黙《かもく》な人だから幼い頃は少し苦手だったのだけど。兄の近衛《このえ》騎士の中でも一際《ひときわ》強い人で、兄も私も本当に信頼していた。今更だけど、どうか礼を言わせてほしい」

「……いえ、とんでもない。確かに叔父は騎士を辞めましたが、それを恨んだり悔やんだりしたことは一度もありません。あの怪我も名誉の傷なのだと言っていました。もし王太子殿下が気に病《や》んでいらっしゃるのであれば、どうかそうお伝え下さい」

「――ありがとう」

私以外に対しては珍しく、柔らかな笑顔を見せたジュード。そんな彼に王子様も微笑み、握る手を両手に変えた。出会ったばかりだけど穏やかな雰囲気の二人を、他の皆も顔をほころばせて見守っている。

しかし叔父さん、王太子殿下の近衛《このえ》騎士とか、ものすごいエリートだったんじゃない。片足を引《ひ》き摺《ず》ってはいたものの、そんなハンデをものともせず魔物を薙《な》ぎ倒す猛者《もさ》だったものね。その叔父さんに剣を習ったのだから、そりゃジュードも殺戮《さつりく》兵器になるわけだわ。

（ゲームには出てこなかった人にも、ちゃんと物語があるのよね。……そうなると、ここに集まらなかった三人は、どうしているのかしら）

ここにいないのは前衛職が一人と後衛職が二人。前衛のほうは、私がディアナ様と間違えてしまったキャラで、彼女に似た赤い髪の騎士だ。現役の騎士がここに二人もいるのだし、もしかしたら彼について何か知っているかしら。

ジュードたちから視線を動かすと、目敏《めざと》いダレンがすぐに気付いて笑いかけてくれる。

せっかく心温まる話が出たところに無粋《ぶすい》だけど、聞くぐらいはいいわよね。

「一つお聞きしたいのですが、ダレンさんはここに集まらなかった方がたのことを知っていますか？　恐らく、騎士団に在籍している方が一人いたと思うのですが」

「おお、さすが聖女様。本当に神様から聞いてるんだな。——ああ、知ってるよ、その騎士なら」

「うむ、我の同僚だった男だな」

少し驚いて答えるダレンに、ディアナ様も頷《うなず》く。そういえば、ディアナ様は彼と同じぐらいの階級の騎士だったっけ。三番目とはいえ王子様は王子様。国に忠誠を誓う騎士が彼の招集を断るなんて、よほどの理由があると思うんだけど。

「あいつな、体の弱い嫁さんがもうすぐ出産だから、休職して実家に帰っているんだ」

「————……はい？」

ヨメサンがシュッサン？　……奥さんがいて、子どもが生まれる、とな？

（こっ……攻略対象おおおッ⁉）

あまりの衝撃に、お淑《しと》やかぶっていた（※当社比）表情筋が仕事を放棄してしまった。

いや！　いやいやいやいやいや！　仮にも乙女ゲームの攻略対象よね⁉　主人公の他に女作って子どもまでいるって、それでいいんですか神様⁉　主人公もびっくりだよ。

（なんだか、戦う聖女様に変わった私が可愛く思えてきたわね。皆変わりすぎじゃない？）

世紀末覇者に変わったディアナ様しかり。既婚の攻略対象しかり。

「本当はそういう理由じゃ休職できないんだけど、休みをもらうための鬼気迫る働きぶりを見たら、団長もダメとは言えなかったんだよな……」

「うむ。あやつも所帯を持ってから、人間として一回り成長したようだからな。抜けた穴は我が埋めると申して援護したかいがあった……もう半月前になるか」

「そりゃ、姐《ねえ》さんが味方についたら、団長も何も言えないわな」

「ハッハッハ！　やや子も間もなく生まれてくることだろう。新たな命のためにも、我らはより一層励《はげ》まねばなるまい‼」

ディアナ様の地響きのような笑い声で、私もようやく現実に戻ってきた。この世界の出産は生死をかけた大仕事だ。体の弱い奥さんならなおさら。多分第一子だろうし、夫として傍《そば》にいてやりたいのは当然だわ。きっと良いお父さんになれるわね。会えないのは残念だけど。

「そういう理由でしたら、私も何も申しません。素敵な旦那様ですね。元気な赤ちゃんが無事に生まれることを、私も我が主《しゅ》に祈りましょう」

「神に選ばれたアンジェラ殿の祈りであれば、奥方もやや子も安泰であろうな」

「確かに、ご利益がありそうだ。それで、アンジェラちゃんは他の二人のことも知ってるのか？」

ダレンが意味深《いみしん》な表情でこちらを見つめてきた。諜報《ちょうほう》専門の彼としては、極秘扱いの情報を知っている私が気になるのだろう。

いつの間にか他の皆も私を注視している。……もしかして疑われているのかしら？

「……疑わしいことは承知の上ですが、決してやましいところはございません。私の知る全ては、我が主《しゅ》より授かったお言葉ですから」

ええ、やましくはないわよ。かつてのプレイヤーとしての記憶を持っているだけだもの。『神様の天啓』というのが嘘なだけでね。

まっすぐに見つめ返せば、途端にダレンは頬を染め、そーっと視線を泳がせる。別に悪気があるわけではなさそうだ。代わりに王子様が口を開く。

「ふむ、私も答え合わせはしてみたいな。どうだろう、聞かせてくれないか？」

招集した張本人の彼にも探るような様子はなく、ただ興味があるだけのようだ。

ほっと一息だけついてから……ディアナ様を見る。残る二人のうちの片方は、彼女専用の攻略対象だから。

「……一人は魔術師の方です。ディアナ様、貴女様のよく知る方ではありませんか？」

恐る恐る訊《たず》ねてみれば、ディアナ様は『あっぱれ』とでも言わんばかりの快活さで答えてくれた。

「おお、神の声とは、かくも的確な情報をもたらすものなのか！　いかにも、我が友こそが欠けた一枠だ。あやつはなかなか帰れぬ我に代わって、我がトールマンの領地を守護している。無論、殿下にも許可をいただいているぞ」

……ディアナ様の『友』か。彼は魔術師のはずだけど、山男のような巨人が出てきても、もう驚かないわよ。むしろ、それならぜひトールマン領へ修業に行きたいわ。

ディアナ様とは逆に、王子様は神妙《しんみょう》な表情で頷《うなず》いた。

「驚いた、その通りだよ。かの領地は魔物の頻出《ひんしゅつ》地帯をいくつも抱えていてね。もし状況が落ち着いているなら、と誘ってみたんだけど、留《とど》まってもらうほうがよさそうだった。私たちの部隊も、いずれ視察に向かうことになるだろうね」

「それほど、ですか……。わかりました」

私のいた町もそうだったけど、もしかしたら主人公の暮らした場所は、重点的に狙われているのかもしれない。……個々の魔物には自我がなく、脳にあたるラスボスもまだ動いていないはずなんだけどね。

ともあれ、一人はゲームの通りで合っていたようだ。となれば、もう一人も恐らく同じだろう。

その最後の一人も後衛職のキャラだ。招集されたメンバーの中でも屈指の実力者なので、いないことが非常に残念なのだけど。

――視線を、部屋の隅へと向ける。

わいわいしている私たちから一人だけ距離をとって座っている、黒いローブ姿の男。

「最後の一人は――ウィリアム・バレリオさん。貴方の関係者ですよね？」

誰とも口をきかず、猫背の体をさらに小さくしていた彼は、私の声にびくりと肩を震わせた。

……ウィリアム・バレリオ。彼は出自に難がある系の、典型的な魔術師キャラだったと思う。

彼のチャームポイントでもある真っ赤な瞳は、実は遺伝ではなく魔力の強さが体に出たもので、家族の誰とも違ったためにずいぶん虐《しいた》げられたらしい。

七歳の時、とある導師に才能を買われ、以降は彼のもとで学んで魔術師になったのだけど——血の繋がった家族につけられた心の傷が癒《い》えることはなく、人間嫌いの根暗な人物に成長してしまった、という設定だったはずだ。

（……ぱっと見た感じ、根暗なところはゲームと同じみたいだけど）

ウィリアムからの返事はなく、ふるふると肩を震わせながら俯《うつむ》いたままだ。根暗というより、よく言えば小動物、悪く言えばコミュ障《しょう》という印象を受ける。ちなみに、彼を見出《みいだ》した導師こそが、ここに集まらなかった最後の一人である。

「あの、ウィリアム・バレリオさん……ですよね？」

確認の意味を込めてもう一度問いかけてみると、彼の肩がまた大きく震え上がった。

猫背なせいでわかりにくいけど、実はウィリアムは攻略対象の中でジュードに次ぐ長身だ。それが今は、椅子の上で膝《ひざ》を抱えて一生懸命に身を縮めている。その姿はちょっと可愛いけど、別に怖がられるようなことは質問していないわよね？

他のメンバーに視線で訊《たず》ねてみれば、皆も一様に困った表情を浮かべている。訂正が入らないところを見ると、名前は間違いないようだけど。

「おーい、ウィルくーん？　聞こえてたらお返事してくれよー？」

この状況を見かねたのか、コミュ力の高いダレンが加勢してくれるけど、それでもウィリアムは黙ったまま。

「殿下、私は何かいけないことを聞いてしまったのでしょうか？」

「そんなことはないと思うよ。君の言う通り、最後の一人はウィリアムの師に当たる人物だからね。彼本人から直接断りの返事をもらって了承したし、ウィリアムが困るようなことはないはずなんだけど……」

主宰《しゅさい》の王子様も、彼の態度に首をかしげてしまった。

「あの、ウィリアムさん。何か気に障《さわ》ることをしてしまったのなら謝ります。どうか、お返事だけでもいただけませんか？」

ここに集まっている以上、これから共に戦う仲間なのだ。できれば少しでも交流はしておきたい。……彼にやましいところがないのなら。

なるべく優しい声を心がけて、もう一度問いかけてみる。すると、ようやく彼はローブを揺らして動き出した。そして恐る恐る私の顔を見て――

「――ご、ごめんなさいっ!!　殺さないで下さい!!」

直後、ものすごい勢いで頭をテーブルへ叩きつけた。止める間もなく響き渡った重たい音に、思考が吹っ飛んでしまう。

「…………はあっ!?」

「こ、殺す？　アンジェラちゃん、彼とはどういうご関係？」

いち早く我に返ったダレンに、全力で否定を返す。

「知りませんよ!? 私たち今日が初対面ですからね!?」

人聞きの悪いことを言うのはやめてほしい。いくら戦う聖女様でも、人間を殴ったことは一度もないわよ!!

念のためジュードのほうを窺《うかが》ってみるけど、当然ながら彼もブンブンと首を横にふる。殺戮《さつりく》兵器にも覚えがないのなら、やっぱり人違いか勘違いのどちらかだ。

「ウィリアムさん、どなたかと間違えていませんか?」

「まっ間違ってません! だって【誘《いざな》う影】を瀕死《ひんし》まで追い込んだのは、貴女とそっちの黒い人なんでしょう?」

「そうですけど……え? そんな理由で殺されるって……もしかして貴方、魔物なの!?」

「ち、違いますっ!!」

今度はウィリアムのほうが顔をテーブルから上げて、大きく横にふった。まあ、会話が成立している時点で、自我のない魔物とは違うだろうけど。

「魔物ならともかく、人間をどうこうする気はありません。ましてや、貴方はこれから共に戦う仲間でしょう? 何故そんな物騒な話になったんです?」

「だって……泥や影といえば、物理攻撃が効かないことで有名な魔物です。本来なら、ぼくたち魔術師が対応しなければいけないのに、それを貴方たちにさせてしまった。……怒っているんでしょう？　ぼくのような役立たずはいらないと、そう思っているのでしょう⁉」

「いや、別に思ってないけど」

だんだんと涙声になってきた彼。なんだか面倒くさくなってきた。

確かに【誘《いざな》う影】との戦いは大変だった。魔術師がいてくれたらありがたかったし、援軍を待ってもいた。しかし、さすがの私だってそんな狭量《きょうりょう》な心は持ち合わせていない。

「そこにいたならまだしも、いなかった人を責めてどうするのよ」

「ああ、やっぱり怒ってる！　ぼくは魔術師のくせに、あの場にいなかったから‼　駆けつけることもできなかったから‼　役立たずでごめんなさい‼」

「……ねえ、この人、面倒くさいんだけど」

「アンジェラ、素《す》に戻ってるよ。……まあでも、面倒くさいね」

「うわあああん‼」

ジュードの追い討ちをかけるような一言で、ウィリアムは今度こそ泣き出してしまった。

……もうこの人、放っておいていいかな。戦力としては大事だけど、交流はダレンあたりに丸投げしたい。

「彼の師匠が最後の一人なら、主《しゅ》のお言葉は正しかった。私としては、もうそれでいいです」

「ごめんなさいごめんなさい！　うちのお師匠様が迷惑をかけてごめんなさい‼」

「ウィリアムさん、鬱陶《うっとう》しいからもう黙ってて」

「あっはっは！　アンジェラちゃんって意外に辛辣《しんらつ》だな！」

ダレンが人のやりとりを見て笑っているので、ウィリアムのことは彼に任せてしまおう。全く、少しはディアナ様の雄々《おお》しさを見習ってほしいものだわ。

ともあれ、これでゲームキャラ全員の生存確認はできたわけだ。部隊の一員としては後衛職の少なさが気になるけど、きっとなんとかなるでしょう、多分。

「うっ……うぅ……ごめんなさい、ごめんなさい……」

「まだ言ってるし。それもういいから！　それとも、謝らないと死んじゃう病気なの？」

「そ、そんなことは……でも、たった二人しかいない魔術師の片割れがぼくだなんて……皆さんに申し訳なくて」

「あのねえ……」

……全員が無事なのはよかったけど、この面倒な人が仲間っていうのは頭が痛い。ゲームの時もネガティブではあったけど、もっと面倒くさい性格に育っているみたいだ。

（仕方ない。これでも一応主人公だもの。ちょっとだけ励《はげ》ましておくか）

でないと、もう一人の魔術師であるノアに迷惑をかけそうだ。彼は危機を救ってくれた恩人でもあるのだし、フォローはしておきたい。

いじいじとテーブルに指先を擦《こす》りつけるウィリアムに、ぐっと顔を近付ける。黒い布の塊《かたまり》のような彼は震え上がったけど、気にするものか。

「ねえ、ウィリアムさん。貴方はどうしてここに来たの？　ただの観光じゃないでしょう？」

「ち、違います！　ぼくは、エルドレッド殿下にご指名をいただいて……だからその、部隊の一員として、ここにいる……はずです、多分」

「でしょうね。私たちもそうだもの」

語尾が消えそうなほど小さくなってはいるが、ウィリアムはちゃんと答えた。私やジュードと同じく、彼も部隊の先駆けに相応《ふさわ》しいと実力を認められてここにいるのだ。

「だったら、どうして自分を卑下《ひげ》するの？　貴方がそうやって自分を貶《けな》すと、貴方を選んだ殿下をも貶《けな》していることになるのよ？　失礼だとは思わない？」

「そ、それは……!!」

ハッとした様子で、ウィリアムが顔を上げる。視線の先の王子様は、依然穏やかな笑みを浮かべて私たちを見守っていた。

「私は気にしていないよ？　君の謙虚なところは、美徳でもあるだろうし」

「いいえ、ですが…………聖女様の言う通りです。申し訳ございません、殿下」

さすがに王族に対しては敬意を払っているのか、それまでの猫背が嘘のように立ち上がったウィリアムは、きれいな姿勢で頭を下げた。

こうやって普通に立てば整った容姿をしているのに、もったいない男だわ。

「……えっと、貴女もすみませんでした。ぼく、あまり外に出なかったものだから、自信がなくて……今日も魔術で役に立てそうな戦いに協力できなかったから、つい」

「私こそ、失礼なことを言ってごめんなさい。これからはきっと貴方の出番が沢山あるだろうし、期待しているわ」

「は、はい、次こそは！　……ありがとう、ございます。聖女様」

ウィリアムは私に対しても頭を下げ、ぎこちない笑みを返してくれた。うん、おおむね和解は成立したようだ。こちらから手を差し出せば、ちゃんと握り返してもくれる。

どうなることかと思ったけど、これならやっていけるでしょう……多分。

「……………そうだ、我も気になっていたのだ、アンジェラ殿」

ウィリアムとの和解を済ませたところで、背後から低い声が聞こえる。慌ててふり返れば、ずいぶんと真剣な表情のディアナ様が私たちを見つめていた。

「はい、なんでしょうディアナ様！」

「いや、な。アンジェラ殿が城で戦ったという話は我も聞いているのだ。城を離れていたゆえ加勢はできなかったのだが……そなたらが戦ったのは本当に【誘《いざな》う影】だったのか？」

「それはオレも気になってた！　泥の魔物の第三進化体だろ？　直接見たことはないけど、殴ったり斬ったりでどうにかできる魔物じゃないよな？」

眉間《みけん》に皺《しわ》を寄せるディアナ様に続いて、ダレンも興味深そうに聞いてくる。

確かに【誘《いざな》う影】は物理耐性がめっぽう高い魔物だ。おかげで私たちは散々《さんざん》な目に遭ったし、疑いたくなる気持ちもよくわかる。残念ながら、本当にメイスと剣で戦ったわけだけど。

「その件については、俺が保証する。あれは間違いなく第三進化体だった。トドメこそ俺がさしたが、そこの二人が瀕死《ひんし》にまで追い込んだのは事実だ」

私やジュードが答える前に、ノアがフォローしてくれた。

「あ、いや、疑ってるわけじゃないんだけど。素直にすげーなと思って」

美人賢者のまっすぐな視線に、ダレンのほうは一歩後ずさる。だが、ディアナ様は何かを思案する表情のままだ。

「いや、我も疑っているわけではないのだが……その実力、ぜひ見てみたいと思ってな」

びくびくしながら答えを待てば、返されたのは力強い要望。劇画調の緑眼はギラギラと輝いており——それは正《まさ》しく、強者に期待する戦士の目つきだ。

「我も騎士の端《はし》くれ。エルドレッド殿下の選択を疑うつもりはないが、何せそなたらの実力はまだ見ておらぬゆえ、気になって仕方がないのだ！　どうだろうか、アンジェラ殿。ぜひとも一つ、手合わせなど！」

「て、手合わせ⁉　私が、ディアナ様とですか⁉」

ぐっと強く握られた拳《こぶし》に、心臓が早鐘《はやがね》を打つ。手合わせとはつまり、この貧弱な私がディアナ様に直接稽古《けいこ》をつけてもらえるということか⁉　なんという僥倖《ぎょうこう》‼

「素敵……ぜひお願いいたします、ディアナ様！」

「そうか、受けてくれるか‼」

逸《はや》る心のままに了承すれば、ディアナ様も豪快に笑って応《こた》えてくれる。なんと素晴らしいイベントだろう！　彼女の戦い方を学ぶことができれば、私の体にも筋肉がつくかもしれない！

「エルドレッド殿下、よろしいですか？　よろしいですよねっ!?　ねっ!?」

ウィリアムから離れ、今度は王子様に詰め寄ってみる。

「あ、ああ……場所は騎士団の訓練場を使えばいいだろうし、私は構わないけど……」

さすがに私闘は止められるかなと思いきや、意外にも彼はあっさり了承してくれた。

リーダーの許可が出たならこっちのものだ！　いざ、筋肉強化のための特訓へ――

「絶対にダメだよ、アンジェラ」

私を止めたのは王子様ではなく幼馴染《おさななじみ》のほうだった。有無を言わさぬ制止に、つい聖女らしからぬ素《す》の表情になってしまう。

「ちょっとジュード、邪魔しないでよ！　せっかくディアナ様が稽古《けいこ》をつけて下さると……はっ、そうか！　羨《うら》ましいのね!?」

「いや全く羨《うら》ましくはないけど。アンジェラは人間と戦ったらダメだよ」

いつの間にか私とディアナ様の間に割り込んできたジュードが、諭《さと》すように首を横にふる。

「ほう、何ゆえに止めるか、異国の戦士よ？」

ディアナ様も割り込まれてカチンときたのか、さらに声音を低くして訊《たず》ねた。

「貴女の実力は知りませんが、僕はアンジェラの戦い方をずっと見てきました。その上で、生きた人間と戦うことは止めさせてもらいます。……彼女は、全く手加減ができないから」

「あ」

凄《すご》むディアナ様から一歩も引くことなく、ジュードはきっぱりと答える。わずかに呆れも含んだその声に、私の体温が下がった気がした。

……ああ、そうだわ。さすがジュード、私のことをよく見ているわね。

(確かに私、手加減なんてしたことないわ)

今更指摘されて気付くなんて、やっぱり私の脳みそは筋肉でできているのかもしれない。

そう、本当の私は見た目通りの貧弱な小娘だ。それを強化魔法で補うことで、メイスをふり回せるようになっている。

――偽物の強さだからこそ、常に全力で。敵は確実に粉々《こなごな》にするつもりで。

そんな力を人間に向けてしまったらどうなるか。まあ、ディアナ様なら大丈夫な気もするけど、普通は重傷を負うだろう。下手をしたら命にかかわるレベルの。

(私が魔法で回復させれば大丈夫だろうけど、マッチポンプもいいところね。何より、ディアナ様をこの私が傷付けるなんて……）

――ぞっとした。背筋を駆け抜けた怖気《おぞけ》に、ぶるりと身を震わせる。

そんなの絶対にダメだ‼　たとえ彼女から望まれた手合わせでも、私が私を許せない。

「そ、そんなことになったら……もう、死をもって償《つぐな》うしか……」

「アンジェラ、発想が重いよ」

ああ、まさか私自身のせいで特別イベントを中止にせざるをえないなんて。

最上の喜びから一転、奈落の底へ叩き落とされた私はがくりと肩を下げる。

「――……あ、あの。それならっ」

静まり返った場に提案の声が上がる。つっかえながら話すのは、意外にもウィリアムだった。

「実力を見たいのなら……ど、どうでしょう？　ここに集まった皆で、王都付近の魔物討伐に行ってみませんか？」

STAGE6　脳筋聖女と王都の戦いⅡ

「ふう、やっぱりいつもの衣装が一番落ち着くわね」

色々あった顔合わせから一夜明けた今日。当初の予定を変更して、ウィリアムが提案した『実力を見るための魔物討伐』をすることになっている。

窓の外は清々《すがすが》しく晴れ渡る青空。正に絶好の出陣日和《びより》だ。

「昨日のドレスのほうがモノはいいだろうけど、私にはこれが一番合うわ」

姿見の中には、見慣れた修道服姿の私が映っている。昨日の親睦会《しんぼくかい》の後、洗濯されて返ってきたものだ。

華やかさは皆無《かいむ》。スカートは他の修道女と違って膝丈《ひざたけ》まで短くしてあるけど、それにしたって年頃の女の子にしては地味な装《よそお》いだ。

しかし、この木綿のワンピースこそが私の正装。色も恋も捨てた『戦う聖女様』の実力を、今日はメンバーに見せつけてやらねばならない。私も彼らの実力は気になるしね。

(私とジュードは、多分ゲームの時より強くなってるけど……油断はできないわ)

ディアナ様も、かつてのゲームよりも強化されていると見ていいだろう。

だが、それで欠けた三人分の穴を埋められるかどうかはわからないし、転生チートの私が苦労するほど魔物の出現率は増加している。【誘う影《いざな》】との戦いで見たノアは手練《てだれ》のようだったし、他のメンバーも強くなっていることを願うばかりだ。

（……でないと、一緒にパーティーを組む必要がなくなるからね）

私たちが戦わなければ、魔物の被害は増すだろう。今のところ町や村が壊滅するほどの被害は聞かないけど、どの地方でも確実に魔物は増えている。なるべく早く準備を整えて、旅立つべきだと思うけど――肝心の私たちがへなちょこでは意味がない。

ここまで生き延びてきたのだから、大丈夫だろうと思いたい。けど、最悪の事態はいつでも想定しておかなければ。何せ、警備が厳重なはずの王城でボス戦があったのだから。

（ウィリアムが腕試しを提案してくれて、正直助かったわ。もし今日見てみてダメそうなら、私たちだけで動くことも考えておかないと……）

そんなことを考えていたら、ノックと共に幼馴染《おさななじみ》の声が聞こえた。

「――アンジェラ、そろそろ時間だよ。支度は済んだ？」

「っ⁉　ごめんなさい。すぐに出るわ！」

はっとして時計を確認すれば、いつの間にか約束の時間だ。慌ててハンカチとメイス用の革帯を引っ掴《つか》み、部屋を飛び出す。

「お待たせジュード！　おはよう」

「おはよう。よく眠れた？」

廊下で待っていたのは、いつも通りの穏やかな笑みを浮かべる幼馴染《おさななじみ》。これから戦いに出るというのに、ゆったりと落ち着いた佇《たたず》まいだ。やっぱりジュードには、安心して背中を任せられる。

……ただ装《よそお》いだけはいつもと違って、ここまで着てきた服ではなく、昨日と同じ騎士団の制服を着ていた。ジュードの服も洗濯から戻っているはずなんだけど。

「今日はそれを着ていくの？」

「うん、これ生地が丈夫だし、動きやすくてさ。エイムズさんに頼んでみたら、替えも何着かくれてね。なんなら、このまま騎士団に入ってくれてもいいって言ってたよ」

「あの人、貴方の強さを知ってるからね」

この男の殺戮《さつりく》兵器っぷりを知っている彼なら、勧誘したくもなるだろう。エイムズさんって、実は結構エライ人のようだし。世界が平和になったら、ジュードの就職先として考えるのもいいかもしれない。

叔父さんの前例もあるし、実力主義の騎士団ならジュードの外見についてとやかく言われることはないはずだ。

「……それにほら、君が僕に似合うって言ってくれた服だし。せっかくだから、君が飽きるまでは着ていようかと思って」

「え、そんな理由？」

ふと見上げれば、わずかに恥じらいの色を浮かべながら、ジュードは軽く頬を掻いた。

この図体のでかい男が、そんな可愛らしいことを考えていたとは。

「ジュードは何を着ても似合うし、格好良いから心配しないで。その服は特に似合うけど、私の意見なんて気にしなくていいのよ？」

「――待って。君、僕のこと格好良いと思ってたの!?」

「常日頃から思ってるし、何度も言ってるわよね？　……言ってなかった？」

「色気の暴力とか、そういう皮肉っぽい言い方なら覚えがあるんだけど。……そっか、そうだったんだ」

思わず呆れ顔になってしまう私に対し、ジュードはさながら恋する乙女のようなキラキラとした表情を浮かべている。主人公を差し置いて乙女ゲームっぽさ全開とはこれいかに。彼は百八十センチを超えた長身の男で、これから向かう先も戦場なんだけどね。

「私、貴方の外見はとても好きよ。もちろんその色も。だから、もう行かない？　初日から遅れるのは失礼だと思うんだけど」

「好き……!?　待ってアンジェラ、ちゃんと聞いてなかったからもう一回！」

「……今日の討伐で、ちゃんと実力を見せてくれたらね」

「わかった、任せて。他の人たちが剣を抜く前に、僕が全部片付けるよ！」

遅刻したくないから急《せ》かしたら、恋する乙女は即座にギラギラとした獣の眼に変わった。……外見については五歳の時に『好き』と言ったはずなんだけど、忘れたのかしら。

まあ、やる気を出してくれたのだから結果オーライね。

互いに深く頷《うなず》き合った私たちは、廊下の端っこで困惑している案内役の従者さんにようやく声をかけた。


さて、従者さんに案内されて歩くこと十数分。またしても王城の規模の広さに驚きながらやってきたのは、敷地内の別棟にある、騎士団の詰め所だった。

華美な印象の強かった迎賓《げいひん》棟とは違い、装飾が全くない石造りの建物。清掃はいき届いているようだけど、漂《ただよ》う空気には砂と汗の匂いが混じり、行きかう人々は屈強な男ばかりだ。

「ここが騎士団か……なんというか、いかにも男の園《その》という感じね」

「それを君が嬉しそうに言わなかったことに、僕は心底ホッとしたよ」

「男のマッチョに用はないって言ったじゃない。私はディアナ様を尊敬しているだけよ！」

むしろ、こういう場所は苦手なぐらいだ。騎士団の制服を着ているせいか、ジュードは場の雰囲気に馴染《なじ》んでいるけど、場違いな修道女の私は注目の的《まと》になってしまっている。

彼らに他意はないのだろうけど、じろじろと見られたがるような趣味はない。……その辺の筋トレ器具を使わせてくれるというなら、話は別だけどね。

「お二人とも、お待ちしておりました！」

気疲れしつつも大きな部屋へ入れば、迎えてくれたのは一日ぶりのエイムズさんだ。見知った顔に安堵《あんど》する。彼もまた私たちが無事だったことにホッとしているようだ。そういえば、最後に彼と会ったのは【誘《いざな》う影】と戦っている真っ最中だったものね。

軽く世間話をした後、彼の指示に従って騎士が三人現れる。一人はジュードの曲剣《きょくけん》を、続く二人は私のメイスを持ってきてくれた。私のメイスって、二人がかりで運ぶものなんだ。

「鍛冶屋《かじや》に頼んで手入れさせていただきました。どうぞ、ご確認下さい」

「ああ……きれいに研《と》がれていますね。ありがとうございます」

受け取ってすぐに刃を確認したジュードは、表裏を何度か見てから嬉しそうに笑った。

やや反った刃は彼の顔を鏡のように映しており、剣に詳しくない私でも見惚《みと》れそうな輝きだ。

（……本当だ。きれいになってる）

私もメイスを受け取って確認すれば、汚れたり欠けたりしていた部分が修復され、きっちりと磨《みが》かれていることがわかった。さすが騎士団御用達《ごようたし》の鍛冶屋《かじや》さん、良い腕をしているわ。

（おかえりなさい、私の相棒）

冷たい鉄をそっと撫《な》でてから、革帯で背中に固定する。もちろん、メイスを受け取った時から強化魔法を発動中だ。

途端に、周囲の騎士から小さな悲鳴が上がった。いつも通り、右手一本で背負ったせいだろうか。最近私の周りは慣れてしまっていたので、新鮮な反応が心地よい。

（どうだね騎士諸君！　私はこれを片手でもふり回せるのよ！　魔法使ってるけどね！）

ドヤッと自慢げな顔で彼らを見返せば、隣のジュードから軽く頭を小突《こづ》かれた。たまには調子に乗ってみたっていいじゃない。

ああでも、やっぱり背中にこの重みがあると落ち着くわ。女の子らしく着飾ることも嫌いではないけど、私はこうでないとね。

「なんというか……先に聞いてはいたけど、改めて見ると驚くな、アンジェラちゃん」

武器との感動の再会を済ませたところで、私たちの仲間になる男性四人が連れ立って部屋に入ってきた。先頭を歩いていたダレンは、興味津々《しんしん》といった様子で私の背中に注目している。

「あら、おはようございますダレンさん」

王子様を筆頭とした残りの三人は、やや引いた様子でこちらを眺めている。

「二人とも元気そうで何よりだ。しかし、すごいね聖女殿。本当にそれで戦うのかい？」

「先の戦いの時は、砂埃《すなぼこり》でよく見えなかったが、その容姿でその武器は絵面《えづら》がやばいな」

「け、賢者様、年頃の女性に『やばい』は失礼ですよ！　えっと、お、おはようございます！」

「皆様おはようございます。よい朝ですね。ところで、麗《うるわ》しき『月の賢者』様。前衛のいない戦場の恐怖を教えて差し上げましょうか？」

「……遠慮しておく」

失礼なもの言いをするので脅《おど》してみれば、さらに一歩後ずさってしまった。

そこはやばいじゃなくて『勇《いさ》ましい』とか『たくましい』とか褒《ほ》めるべきところだろうに。乙女心のわからない男ばかりで困るわ。

「……ジュード君、賢者様に怒らなくていいの？」

「アンジェラの魅力に気付かないでいてくれるほうが、僕としては都合がいいので。僕は彼女がメイスをふり回そうが、熊をふり回そうが、愛せる自信がありますし」

「待ってジュード、熊をふり回したことはないわよ!? 熊っぽい魔物ならあるけど！」

「オレ、ツッコまないからね!? うん、たくましい仲間が加わってくれて嬉しいなー！」

野生動物とそれっぽい魔物じゃ全然違うと思うんだけど。近くに寄ってきていたダレンも離れていってしまったので、王都では常識が違うのかもしれない。

とにかく、彼らと合流できたので、馬車が用意してある騎士団用の出入り口まで再び歩き始める。ディアナ様は馬の世話をしていたらしく、すでにそちらへ向かっているそうだ。

「酷《ひど》い誤解だわ。私、動物をいじめるような趣味はないのに」

「うん、大丈夫だよ。僕はどんなアンジェラも可愛いと思うからね」

合流場所からさらに数分ほど歩いて辿りついたのは、町に繋がるものとは別の門だった。

大きさや造りはよく似ているけど、こちらは戦いに出る時専用のものらしく、門番なども騎士団の鎧《よろい》を全身にまとっている。

（すごい……一気に空気が変わったわね）

詰め所の人たちは、私たちを眺める余裕があるぐらいのんびりしていたけど、この辺りの空気は肌を刺すように張り詰めており、誰も彼も鋭い目つきで周囲に気を配っている。王都近郊で魔物の群れが出たという話は聞いていないけど、〝出ないように目を光らせる〟のも彼らの仕事なのかもしれない。

「…………」

軽口を叩いていた部隊のメンバーも、皆一様に表情を引き締めている。弱気なウィリアムなどは、少々震えてしまっているほどだ。

これから向かう先は戦場だけど、今回は本討伐ではなく、あくまで実力を見るための演習だ。ふざけて出かけるよりはいいけど、緊張しすぎるのも問題じゃないかしら。

そんな張り詰めた空気の中、それらを一喝《いっかつ》するかのごとく、雄々《おお》しい声が響き渡る。

「うむ、来たか！　よい朝だな、アンジェラ殿！」

「……っ！　このお声はディアナ様！　おはようございます……ふおおうっ!?」

顔を上げれば、迫ってくるのは地響きのような馬蹄《ばてい》の音。続く激しい嘶《いなな》きに、一同意識を全部持っていかれて、ぽかんと口を開けてしまった。

(でっかい……さすがはディアナ様の馬!!)

ディアナ様自身も規格外の体格だし、その彼女が駆る馬となれば当然普通の軍馬じゃないとは思ってたけど……魔物かと疑ってしまうほどに、その体躯《たいく》は巨大だった。

色は栗毛《くりげ》で、騎士団のどの軍馬よりも二まわりは体が大きい。蹄《ひづめ》は一歩進むごとに地面を抉《えぐ》っているし、体高は二メートルを超えていそうだ。

「す、すごい馬ですね……こんなに立派な子、初めて見ました!」

「これは見ての通りのじゃじゃ馬でな。我にしか懐かぬのだが、悪いやつではないぞ!どうだ、アンジェラ殿。乗っていくか?」

「お誘いは大変嬉しいのですが、私の足の長さでは乗れそうにありません……」

その馬の広い背に跨《また》がったら、私の股がまずいことになります物理的に。

せっかくの誘いを断ってしまったけど、ディアナ様は特に気にした様子もなく、豪快に笑いながら門へと前進していく。

固まっていた騎士たちも、その猛々《たけだけ》しい姿を見て思うところがあったらしい。次々とテンションの高い声をかけ合い始めて、士気はうなぎ上りだ。

（ああ、やっぱりディアナ様は素晴らしい方だわ!!）

構えることも大切だけど、やはり戦いにおいて一番大事なのは気迫。必ず勝つという気合いだ。そんな一番大切なことを、戦うしか能のない私が忘れてどうするのよ。

緊張して固まっていたら、体なんて動くわけもない。いつでも元気と笑顔は忘れずにいなければ！

「……アンジェラ、大丈夫？」

「うん、いけるわ。やる気出てきた！　ディアナ様はさすがね！」

「それはよかった。じゃあ、馬車が来たみたいだから行こうか。君も乗るだろう？」

気合いを入れ直して答えれば、いつの間にか私たち用の馬と乗り物が到着していた。

二頭立ての大きな馬車が一台と、立派な鹿毛《かげ》の軍馬が一頭。王子様と魔術師たちは、当然馬車に乗っていくだろうけど——

「これに全員乗るの？　だったら、あの馬は誰の？」

「馬はジュード君のだな。オレが御者役《ぎょしゃ》で、彼とディアナ姐《ねえ》さんには護衛役として左右についてもらうつもり。アンジェラちゃんは馬車に乗ってね」

質問に答えたダレンは、すでに御者用《ぎょしゃ》の席についていて、そこから手をふってくれる。

すぐ傍《そば》にいたジュードも、気にすることなく騎乗を始めているようだ。

（普通に考えたら、私も馬車に乗るのが当然なんだけど……）

「ジュード、乗せて」

「え？　僕は構わないけど、こっちでいいの？　ゆっくり座っていけばいいのに」

「私には神様からいただいた〝目〟があるわ。索敵《さくてき》が一番得意なのは私よ」

ニッと強気に笑って答えれば、ジュードも好戦的な笑みを浮かべて、手を伸ばしてくれる。

うん、こっちのほうが私たちらしい。重量対策で強化魔法をかけてあげると、軍馬も血気盛んな鳴き声で応《こた》えてくれた。

「私は先頭で索敵《さくてき》しながら行きます。殿《しんがり》をお願いしますね」

驚く馬車組に笑顔で手をふっておく。皆の緊張も少しでもほぐれていればいいけど。

「ところでダレンさん。これから向かう先は、別に激戦区ではありませんよね？」

「そりゃそうだよ。王都の近くにそんなものがあったら堪《たま》らないって。でも、それなりに魔物の出現が確認されている所まで行くから、片道で一時間ぐらいかな」

「了解しました。……ちなみに、私とジュードがここへ来るまでの旅路で魔物に狙われていたっていう話は、そちらにいってます？」

「…………あー……えっと、それは」

一瞬だけダレンの顔が強張《こわば》った。だけど、すぐにばつが悪そうに苦笑を浮かべて頷《うなず》く。エイムズさんからちゃんと報告がいったようだ。でも、そう悪いようにはとられていないみたいね。

「ごめんな。疑っているわけではないけど、その話はオレたち全員が聞いてる」

「いいえ。むしろ、正確な情報が伝わっていて安心しました。念のため、しばらくは隠密《おんみつ》の魔法を使っていきます。魔物が出たなら対応はしますが、あまり町の近くでは戦いたくないですし」

「隠密《おんみつ》の魔法……本当にそんなものがあるんだ」

「ええ、あるんですよ。さあ、ディアナ様に置いていかれないうちに行きましょう。貴方がたがドン引きしまくってくれた私とこのメイスの強さ、見せて差し上げます！」

元気に拳《こぶし》を掲《かか》げれば、それを合図とばかりにジュードが手綱《たづな》を強く引く。門の前ではすでに準備万端のディアナ様と、笑顔で敬礼の姿勢をとる騎士たちが待っていた。

さあさあ、まずはこの前哨戦《ぜんしょうせん》を、輝かしい勝利で飾ってやりましょうかね！

＊＊＊

王城を出発してから、そろそろ一時間と少し経つ。二頭の馬と馬車で構成された部隊は、ここまでの道のりを一度も止まることなく順調に進んでいた。

いやはや、まさか魔物よりも駐屯《ちゅうとん》部隊を見かける数のほうが多いなんて。私たちの住んでいた町の付近では、想像もできないような厳重さだわ。

これが辺境と国の中心との差か。当たり前のことなんだけど、ここまで厳重に守られているとなると、王子様の戦闘力が不安になってきたわね。

「――あ、ちょっと怪しいものみっけ」

「見たところ、特に危険はなさそうだけど。アンジェラは何か見つけたの？」

「詳しくはまだわからないけど、あっちの雑木林《ぞうきばやし》、なんだか怪しいのよね」

背後からひょこっと顔を覗かせたジュードに、視線だけを向けて答える。

私たちがいるのは王都から続く舗装された街道なのだけど、少し離れたところにぽつんと林が見えている。見た目はただの林だけど、木の種類がそこだけ違っているのだ。

こんな道端に私有地を持つ人がいるとは考えにくい。わざと植えている線は薄いだろう。

「ふむ、我にも変わったところは見受けられぬが……」

「見た目はただの木ですよ、今のところは」

私たちよりも少し前にいるディアナ様も、訝《いぶか》しげに首をかしげている。

正直なところ、見た目の違和感というよりも元プレイヤーとしての勘のほうが強い。

何ごともないならいいけど、こういうちょっとした違いはイベントの目印である可能性が高い。

「ダレンさんと馬車の皆さーん！　隠密《おんみつ》の魔法を解いてもいいですかー？」

後方の馬車へ呼びかければ、御者席《ぎょしゃ》のダレンが腕を使って○印を返してくれる。多分、中にいる三人にも伝わっているだろう。

「では、解きます。ジュード、一応戦う準備をしてくれる？」

「了解、いつでもいいよ」

ジュードがカチンと鞘《さや》を鳴らし、続けてディアナ様も大きく手を挙げて応《こた》えてくれた。

さて、元廃人プレイヤーの勘は当たっているのかしら…………あ。

「……はい、大当たり！　魔物を視認したわ、始めるわよ!!」

隠密《おんみつ》の魔法を解く、と意識したその瞬間。

ただの林だったソレの上に、【小枝の悪精《あくせい》】という名前が浮かび上がった。どうやらトレント系の魔物が林に擬態《ぎたい》していたようだ。

一体認識すると、途端に十数体のトレントがうぞうぞと動き始める。さらにその根元にも、赤い文字がどんどん増えていく。どれも下級の魔物だけど、なかなかの数だ。

「あの林自体が魔物だったわ。木の根元にも他の魔物がわんさかいるから気をつけて。ジュード、私は先に行くわね！」

「うっわ、本当だ。木が動いてる……僕も行くよ！」

私がかけ声と共に馬を飛び下りると、ジュードも続けて飛び下り、剣を抜いて駆け出した。

こういう魔物が多い場所に限って、駐屯《ちゅうとん》部隊はいないようだ。町までは距離があるとはいえ、騎士団は巡回ルートを見直すべきね。

「個々は弱いからいいけど、ずいぶんな数が隠れていたね」

「私たちを狙って湧いてきたって可能性もあるわよ」

「ああ、それはちょっと……じゃあ、さっさと片付けて僕らは下がろうか」

ゴブリン系の魔物を一閃《いっせん》のもとに斬り捨てたジュードが、面倒くさそうにため息をこぼす。「そうね」と返す私もまた、一撃一殺でスライム系の魔物を倒しながらだ。

一体一体は極めて弱い魔物。しかし、話している間にも数は増え続けているようで、私の視界には赤い文字がびっしりと並んでいる。

（王都近郊は平和だって聞いていたけど、この数はもう群れよね。ちっとも平和じゃないわよ）

数の暴力に目を細めながら、前へ前へとメイスをふるう。もはや戦闘というより作業だ。叩き潰す鈍い音と、斬り落とす鋭い音が淡々と続いていく。

そんな単調な作業にげんなりしかけたところで、突然背後から雄叫《おたけ》びが上がった。

「ぬおおおおおおおおッッ!!」

ふり返って見るまでもなく、この雄々《おお》しい声の主は――

「ディアナ様!?」

続くのはドンという地響きを伴《ともな》う大きな音。そして、大気を震わせながら駆け抜けていく鋭い風……待って、もしかして今のは衝撃波!?

「うわあ、凄《すさ》まじい……」

空間そのものが震え、突風が髪やスカートを激しく揺らす。それをなんとか押さえつけて見てみれば――後に残るのは、地面に崩れ落ちた死屍累々《ししるいるい》。

ちょっとグロテスクな光景だけど、私の心は歓喜に満ちていく。

この威力！　この破壊力!!　あまりの強さにデタラメと呼びたくなるほどだ。

「あの大量の魔物を一閃《いっせん》で薙《な》ぎ払うなんて！　さすがですディアナ様!!　最高の一撃でした!!」

「ハッハッハ！　気に入ってもらえて何よりだ！　我も国を守る騎士の端《はし》くれ、そなたらに負けてられんからな!!」

感激のあまりはしゃいでしまった私に、ディアナ様は笑いながらブンッと片手で武器を払った。

——斧だ。それも、ゲームぐらいでしか見かけないような、超特大のバトルアックス。

独特の四角い刃は馬の胴体よりもなお大きく、それを支える鋼鉄の柄《つか》も冗談みたいに太い。私のメイスがオモチャに見えるような威圧感だ。ディアナ様最高!!

「騎士なのに斧とはまた、すごい武器を出してきたね……」

「ディアナ様が素敵すぎて、もう感動で吐きそう」

「アンジェラ落ち着いて。君も常識との懸隔《けんかく》具合ならいい勝負だから」

興奮で呼吸が乱れてしまった私の背中を、ジュードが呆れた様子でさすってくれる。

強化魔法でズルをしている私と違って、ディアナ様は本人の力だけで超重量の武器をぶん回しているのだ。これを最高と呼ばずしてなんと呼べばいいのか！

「……貴女が強いことは一撃でよくわかりましたが、向こうもそう甘くはないようですね」

「そのようだな。ジュード殿も、かなりのやり手とお見受けする。そちらは任せても？」

「無論です。僕も負けてはいられませんから」

「えっ⁉　なんでジュードがディアナ様と共闘する雰囲気出してるの⁉　私も交ぜて‼」

私がうっとりしている間に、奥から新手が来たようだ。同じように弱い魔物の集団だけど、中には第二進化体がちらほらと交じっている。

再び斧を構えるディアナ様に、ジュードも返事とばかりに曲剣《きょくけん》を前方へ向ける。互いの背を守り合うような様《さま》は、強者同士の共闘っぽくて格好良い。ジュードのくせにずるいわ！

「アンジェラもいけるよね？　戦えるなら真ん中をお願い。僕が右、ディアナさんに左をやってもらうから」

立候補のごとくメイスを掲《かか》げてみせれば、二人は笑ってそれぞれの魔物へ向き直る。

ディアナ様の担当する左に大きめの魔物が多いのは、ジュードなりに彼女を認めたということだろう。代わりに、彼の担当する右には戦うのが面倒な個体が多い。

「弱い魔物ばかりだけど、殲滅《せんめつ》まで気を抜かないようにね。じゃ、いこうか」

「うむ！」

「任せて！」

先頭の魔物の咆哮《ほうこう》を合図に、武器をふり上げた私たちは、それぞれの方向へと駆け出していった。

＊＊＊

「いやー三人とも強かったな！　オレたちが出るヒマもなかったよ！」

「ちょっと、働きなさいよ男ども」

戦闘開始からかれこれ三十分ほど経った。とりあえず出現していた魔物は全て片付けたのだけど、戦ったのは私とジュードとディアナ様の三人だけだった。

正《まさ》しく私が『ゲームよりも強いだろう』と予想していた三人のみ。他の仲間たちは馬車から降りてくることもないまま、戦闘が終了してしまったのだ。

（うっかりいつも通りに戦っちゃったけど、これじゃあ他の人たちの強さがわからないじゃない）

特に王族という普段は守られる立場の王子様が一番心配なのだけど、もちろん実力はわからずじまいだ。今の感じなら前衛は私たち三人で充分だし、正直ディアナ様一人でも戦えそうだけど。

……もしも、彼らが自衛もままならない足手まといなら、部隊を抜けることも考えるべきか。

(物理攻撃が効かない魔物への対策として、魔術師は欲しいところだけど……ノアだけでもこちらに引き抜けないかしらね)

やる気を見せてくれなかった彼らに対して、早速評価が厳しくなってしまう。最重要事項は、はびこる魔物を倒して世界を救うことなのだから仕方ないわよね。

「そう呆れた顔をしないでくれよ、アンジェラちゃん。オレたちだって、状況によっては出ようと思ってたんだよ？　でも、君たちが本当に強くて、出番がなかったんだってば」

「一応やる気はあるんですね？　その割には、馬車に乗ったままだったようですが」

「君、可愛い顔して厳しいね。オレはいつでも動けるように準備してたし、中のヤツらもそうだと思うよ。けど、あの程度のザコ魔物なら、支援はいらなかっただろう？」

ちらっと、ダレンの視線が私の後ろへ向けられる。背後に立っている二人に怪我は一つもない。もちろん私も無傷だ。

「ディアナ姐《ねえ》さんの強さはオレも知っているし、君もジュード君も予想以上に強かったからさ。でも、やる気がないように見えたなら謝るよ」

「……わかりました」

渋々領《しぶしぶうなず》いてみせれば、ダレンは困ったように肩をすくめた。

ひとまず今日は、ディアナ様の実力が見られたからよしとしておこう。彼女は私が思っていた以上の猛者《もさ》だし、今後も安心して前衛を任せられる。殺戮《さつりく》兵器なジュードは言わずもがな、私ももちろん戦える。実力を見られなかった人たちは、もう少しだけ様子を見てから……

「……ん？」

そこまで考えたところで、独特の気配にはっと顔を上げた。頭上に敵影はないけれど、鳥の群れが遠くへ飛んでいくのが見える。まるで、何かから逃げるかのように。

「……アンジェラ」

「ええ」

ジュードとディアナ様も気付いたようだ。この独特の淀《よど》んだ気配――どうやら、まだ魔物が残っているらしい。そういえばさっきの群れを倒した後に、隠密《おんみつ》の魔法をかけ直すのを忘れていた。魔物が私たちを狙っているのなら、新手はいくらでも出てくるだろう。

……ふいに、馬車の扉が開く音が聞こえた。出てきたのは王子様のようだ。御者席《ぎょしゃ》から降りたダレンと共に、それぞれの武器に手をかけている。

「アンジェラちゃん、下がってくれよ。まだ魔物がいるのなら、次はオレたちの番だろ？」

「いえ、そうしたいのは山々ですが……多分、弱い個体ではありません」

彼らの実力が見られるなら願ったりだけど、ビリビリと肌に伝わってくるそれは、先ほどのものと違って険《けわ》しい。数年前に初めて戦った【寄生種】のような、強い魔物から感じる嫌な気配だ。

（でも、敵影はない。さっきのトレントは全部倒してあるし、街道沿いのここは見晴らしのいい平地。隠れる場所なんてないはずなのに……）

空にも異物は見当たらない。となれば残りは下だけど、この辺りで地面から出てくるような魔物に覚えはない。ステルスができるような魔物が、こんな序盤で出るはずもないし。

「――――いや、やっぱり下か!!」

直後、少し離れたところの地面から、高く高く土煙が舞い上がった。

警戒していた私はもちろん、他の皆もすぐに飛び退《の》いたようで怪我はない。……しかし、現れた魔物によって、戦況は一気に厳しくなった。

地面から這《は》い出てきた黒い腕はかなり太く、びっしりと毛が生えている。その本数は八つ。ガシャガシャと器用に蠢《うごめ》きながら、中央の丸みのある胴体を支えている。顔には触肢《しょくし》と鎌のような鋏角《きょうかく》。どれが本物かわからない目がいくつもあって、ぎょろぎょろと周囲を見回していた。

浮かび上がった敵ネームは【ヤツカハギ】——漢字で書くと『八握脛《やつかはぎ》』で、日本民話にも出てくる妖怪『土蜘蛛《つちぐも》』の別名らしい。つまり、体長二メートル前後の巨大な蜘蛛《くも》だ。それが何体も続けて地面から這《は》い出している。

「げっ、虫かよ！　オレ虫は苦手なんだけど！」

「好きな人は珍しいと思うよ。女性二人は平気かな？」

「我は問題ないぞ。騎士たるもの、虫などに怯《おび》えてはいられぬからな！」

「——だってさ、ダレン」

「殿下、姐《ねえ》さんを一般女性と一緒にしないで下さいよー！」

軽口を叩きつつも二人はしっかりと武器を握っている。王子様は柄《つか》の装飾が美しい刺《し》突《とつ》特化の直剣を。ダレンは刃が少し短い片手剣を二本持ち、双剣で戦う構えだ。

それぞれの顔に怯《おび》えの色は見えず、背筋の伸びた姿勢で魔物に相対している。少なくとも、メンタルが弱いわけではなさそうだ。

「アンジェラは虫が苦手だっけ？」

「得意ではないけど、ね……」

当然私とジュードも臨戦態勢なのだけど、私のほうは少し動揺してしまっていた。蜘蛛《くも》がとても苦手というわけではない。前世の記憶に、この魔物の情報があるからこその動揺だ。

（……なんで、こんなところに【ヤツカハギ】が？）

この魔物は第一段階から強いのだけど、ゲームで登場したのは中盤以降の洞窟系ダンジョンだった。土に潜《もぐ》っていたとはいえ、このような平地で見かける魔物ではない。ましてや、今は太陽も高い昼間だ。薄暗いダンジョンでしか戦ったことのない魔物に、どうしても違和感を覚える。

「大丈夫？　戦えそう？」

「……ええ、大丈夫。油断せずにいきましょう」

ともあれ、すでに出てきている魔物と戦わないという選択はない。鋏角《きょうかく》がカチカチと音を鳴らしていて、向こうも襲いかかる準備は万端のようだ。地上に出てきた数はもう十を超えている。

（実力を見るとか言っていられないわね。一体ずつ、確実に倒さないと）

いくら怪我を治せる私がいるとはいえ、お試しに来た戦場で大怪我を負ってはシャレにならない。体の傷は治せても、心が折れてしまうことだってあるし。

「これから全員に強化魔法をかけます。敵は強い魔物ですから、無理はしないように！」

私の声に応《こた》えるように、青空を裂くような魔物の咆哮《ほうこう》が響き渡る。新設部隊の二度目の戦闘は、荒々しい土煙と共に幕を開けた。

「ところでアンジェラ、この魔物の弱点とか知らない？」

「炎の魔術よ。後は殺《や》られる前に殺《や》れ、以上！」

「ああ、いつも通りだね」

激しい唸《うな》り声を上げながら迫ってくる強敵【ヤツカハギ】の群れを前にして、私と幼馴染《おさななじみ》が交わした会話がこれである。……ジュードは本当に強くなったものだ。物腰だけ見れば、貴族の執事か喫茶店の店員でもしていそうな優しいお兄さんなのに。

「邪魔だよ――失せろ」

曲剣《きょくけん》の一閃《いっせん》は的確に蜘蛛《くも》の動きを捉《とら》え、ヤツらを散らしていく。敵の手足は八本もあるのに、そのトリッキーな動きにも全く動じず。鮮やかな受け流しは正《まさ》しく舞いのごとしだ。

（私も一緒に戦おうと思っていたけど、これはむしろ邪魔になっちゃうわね）

捌《さば》いたり流したりが自在にできる彼と違い、私はひたすら力でゴリ押しするしかない。彼の動きの妨《さまた》げになってしまう可能性のほうが高いだろう。ひとまずジュードは心配なさそうだ。

となると、他の皆が気になるところだが——

「ぬおおおおおおおおおおおッッ‼」

背後から雄叫《おたけ》びが聞こえてきたと思ったら、何かが私の横を凄《すさ》まじい勢いで駆け抜けていった。剣戟《けんげき》というよりは、何かを押し潰すような音が後から聞こえてくる。

あんじぇらしってる、あれ『ぶるどーざー』っていうの！

（いや、工事現場じゃないんだからさ⁉）

思わず自分にツッコミを入れてしまったけど、ブルドーザー改めディアナ様は全っ然心配なさそうだ。むしろ、強化魔法のかかった彼女は背中から闘気がオーラ化して見えている。

冗談抜きに、ディアナ様一人で世界も守れそうな気がしてきたわ。彼女には引き続き、魔物ごと地面を平らにするだけの簡単なお仕事に勤《いそ》しんでもらおう。

「……問題は、実力不明の彼らね」

あちこちから聞こえる戦いの音に気をつけながら、王子様とダレンを探す。苦戦しているなら、今回だけは加勢しようと思ったのだけど。

「…………あら？」

少し離れたところで戦っていた彼らは、【ヤツカハギ】相手にも余裕があるような動きを見せていた。

直剣使いの王子様が攻撃を受けたりいなしたりしつつ、スピードが売りのダレンがその隙に刻み、攪乱《かくらん》していく。特に心配だった王子様も、刃の細い刺突《しとつ》用の剣で充分に戦えている。

ダレンが着実に足を切り落とし、続けて王子様がトドメを刺したようだ。ほぼ胴体のみになった大きな蜘蛛《くも》が、ごろんと地面を転がっていった。

「お、アンジェラちゃんだ。心配して見に来てくれたのかい？」

「そのつもりでしたが……お二人とも、強いのですね」

「君の魔法のおかげだよ。すごいな、この力は。いつもよりずっと戦いやすいよ」

次の魔物を警戒しつつも、彼らは私に笑顔を返す余裕すらあるようだ。それぞれの武器を掲《かか》げる様子には疲れの色もない。――ああ、なんだ。心配なんていらなかったんだ。

（……そうよね。この世界は過酷だけど、彼らはその中を生きてきたんだものね）

王族は守られるのも仕事だけど、第三王子エルドレッドは軍務に携《たずさ》わってきた人間だ。いくら地位があっても、口先だけの人間では部下に慕《した》われない。彼は実力をもってその場に立っているのだろう。

ダレンについては、近衛《このえ》騎士というエリートなのだからそれほど心配していなかったけど、彼も予想以上の実力を身につけていてくれたようだ。

（……よかった。これで、心置きなく戦いを始められそうだわ）

本当は少しだけ不安だったのだ。いくら私やジュードが強くても、世界を救うために戦うのが二、三人だけではあまりに心もとない。だけど、本来なら中盤の強敵であるはずの【ヤツカハギ】と、彼らは普通に戦えている。これなら全員で戦いの旅に出られそうだ。

ほっと胸を撫《な》で下ろしたのも束の間。男たちの横を通り抜けて、私を狙う魔物が迫ってきている。全く、せっかく良い気分だったのに無粋《ぶすい》なんだから。

「……いいわよ、来なさい！　世界の果てまで、飛ばしてあげるわ!!」

メイスを構え直して――力いっぱいにふり抜く。いわゆるホームラン打法だ。

ぐしゃっと小気味よい音を立てた蜘蛛《くも》は、空の彼方《かなた》へ飛んでいく。うむ、我ながら見事なバッティング！　離れていたジュードが、こちらに向けて親指を立てて笑った。

「じゃ、私はあっちで殲滅《せんめつ》してきますね。お二人とも、お気をつけてー！」

「……なんつーか、女性って強いよな、うん」

「ここは負けていられないとか言うべきところなんだけど、彼女たちには勝てる気がしないね」

　やや引きつった表情の二人に見送られ、メイスを構えて走り出す。仲間の心配がいらないとわかれば、後はもう殲滅《せんめつ》に勤《いそ》しむのみだ。相手が虫型だから、この場合は駆除かしらね。

「さあ、悪い虫はじゃんじゃん退治しちゃいましょうね！」

　先ほどのホームランに感化されたのか、遠くでブルドーザー様が魔物を押し潰していく音もより激しくなった。こんなところで【ヤツカハギ】が出た時はどうしようかと思ったけど、この様子なら焦る必要はなさそうだ。後は着実に数を減らしていくのみ！

　そんな殲滅《せんめつ》活動に励《はげ》んでいたところで、すっかり忘れていた人物の声が頭に響いた。

『――おい聖女、もう少し右だ』

「は⁉」

　口で言ったわけではなく、テレパシーのようなもので話しかけてきたようだ。神経質そうな声はノアだろうけど、今どこにいるのだろう。馬車に乗ったままではなかったのか。

とにかく、言われた通りに少し右へずれる。私の動きに合わせて、対峙《たいじ》していた蜘蛛《くも》もズリズリと横へずれていく。

「そこです!!」

次に鋭く響いてきたのは、ウィリアムの声だ。そんな声も出せるのかと驚く前に、私の目の前を業火《ごうか》が駆け抜けていく。

「――――ッ!?　あっつ!!」

熱風だけでも火傷《やけど》しそうだ。慌ててさらに右へずれ、熱を持ってしまった服をパタパタとはたく。最初の位置にいたら、私まで丸焦げだったわ。

（……なるほど、いい感じに並んでいたわけか）

私を狙ってか、ちょうど魔物たちが直線に並んでいたようだ。そこをめがけて放たれた炎の魔術は凶悪で、業火《ごうか》の中で十体ほどの蜘蛛《くも》が灰になって崩れていくのが見える。

それどころか、後続の蜘蛛《くも》たちも次々と炎へ飛び込み滅びていく。魔物なのに、虫と同じように明かりに集まる習性でもあるのかしらね。

「助かったけど、ちょっと私にもかすりましたよー！」

「ご、ごめんなさい!!　沢山倒したかったので、つい火力を出しすぎちゃいました!!」

馬車のほうに声をかけてみると、慌てた様子のウィリアムから謝罪が返ってきた。今回は魔術師たちも参加するらしく、馬車を背にノアは古びた木製の大きな杖を、ウィリアムは厚い革表紙の魔術書を構えている。今の魔術はウィリアムがメインだったのだろう。ノアが軽く杖を揺らしながら、「気にするな」と声をかけていた。

「虫系の魔物には火の魔術が一番効きます。こ、今回こそ、ぼくもお役に立ちますから！」

「あまり気負うな、ウィリアム。俺たちの支援などなくとも、勝てるぞこいつら」

「で、ですが！　ぼくだってこの部隊の一員です！　ただ見ているだけなんて……それも、女性に守っていただくなんて、できません!!」

「……アレらを女の枠で考えるのは間違っている気がするが。まあ、手持ち無沙汰《ぶさた》なのは同感だ。こちらは適当に攻撃させてもらう」

一生懸命なウィリアムに比べて、ノアのほうは気だるげだ。彼の言う通り、私たちだけでもどうにかなるからね。まあ、今回は実力を見るための戦いだし、魔術もありがたかったわ。

(それに、この世界のウィリアムも戦える人でよかった)

ゲームでのウィリアムは、超攻撃特化型の魔術師だったのだ。殲滅力《せんめつりょく》もかなり高かったので、この世界の彼が気弱なネガティブ男子だとわかった時はがっかりしたものだけど、どうやら能力は変わっていないみたいね。

ごうごうと燃え盛る炎は、ウィリアムの戦う意思によって再び勢いを増している。このまま放っておいても、この辺りの蜘蛛《くも》は勝手に燃えていってくれるだろう。

（――なんだ。誰にも心配なんていらなかったわね）

過酷になったのは世界だけじゃない。強くなったのは魔物だけじゃない。私の仲間たちも、ちゃんとこの世界に合わせて変わってくれていたんだ。

きっと〝かつてのゲーム以上に〟私を楽しませてくれる世界。そう思えば、この魔物だらけの世界も愛おしく感じられる。

――結局、強敵の【ヤツカハギ】は一体たりとも逃《のが》れられずに倒されていき、私の予想よりもずっと早く、この地には平和が訪れるのだった。

＊　＊　＊

「皆お疲れさん！　あの虫が強い魔物だっていうから心配してたんだけど、何ごともなく片付いてよかったよ！」

よく晴れた空の下に、ダレンの明るい声が響く。

合計でなんと五十体近くも出てきていた【ヤツカハギ】の大群は、今はもの言わぬ屍《しかばね》の山と化している。これらの死骸《しがい》は、後《のち》ほど騎士団の人たちが片付けてくれるそうだ。

(……まさか、他の人の実力を心配していたのが、私だけじゃなかったなんてね)

実は、ここにいる全員が『自分は強いけど、こいつらは大丈夫か?』という同じ心配を胸に抱いていたらしい。結果は、部隊の全員が強かったということだ。

唯一、ディアナ様については誰一人心配していなかったみたいだけど、仕方ないわよね。素晴らしい外見からして、人の領域を超えていらっしゃるもの!

「もう、最初はやる気がないのかと疑ってしまったじゃないですか」

少し頬を膨らませてみせれば、ダレンは苦笑を浮かべながら謝ってくれた。

「ごめんごめん。初めから王都にいた人間は、だいたいの実力は知ってたからさ。地方から来てくれた君たちがどれぐらいなのか、ちゃんと見たかったんだ。予想以上にとんでもなかったけど、【誘《いざな》う影】と戦えたっていうのも納得できたよ」

最初の一戦で彼らが馬車から降りなかったのは、そういうことだったらしい。

王子様なら立場を使って実力テストをさせることもできただろうに、招集した側の誠意として、一緒に戦って見極めることにしたそうだ。王族らしくないというか、なんというか。

まあ、おかげで彼に対する好感度は上がったわ。同じ目線で戦況を見てくれる隊長なら、その指示にも素直に従える。ゲームのあれこれを抜きにしても、私は良い仲間に巡り合えたようね。

「…………って、あれ？」

和気藹々《わきあいあい》とした空気の中、少し離れたところにいるジュードは、何故か一人だけ遠くを見ながら佇《たたず》んでいた。視線の先にあるのは、【ヤツカハギ】の死骸《しがい》の山の一つだ。

「ジュード？　何かあったの？」

「いや……なんだか、まだ嫌な感じが消えなくて」

彼の真っ黒な目は真剣そのもので、右手もずっと剣の柄《つか》に触れたままだ。冗談を言っているわけではなさそうだけど——

「……まだ魔物が残っているってこと？」

私も同じ方向をじっと見つめてみるものの、特に変わった様子はない。この辺りの平地では、もう他に出てくる魔物などいないはずだ。

（強敵である【ヤツカハギ】を倒せる人たちに、心配なんていらないわよね）

そもそも【ヤツカハギ】が王都にほど近い平地で出たことがおかしいのだ。今日はこのまま城へ戻って、騎士団の担当者に調査をお願いしたい。もしこれが初めての出現でないのなら、今後は警備を厳重にしてもらわなくては。

「敵性反応はないわ。ジュード、今日は帰りましょう？」

「…………そうだね」

もう一度見回してから声をかければ、ジュードも険《けわ》しい顔つきのままで頷《うなず》く。敵ネームは見えないし、屍《しかばね》の山も静かなままだ。……もう何もいないだろう。

「うわ、服が砂まみれだ……早く帰って着替えたいな」

「よかったねダレン、男前度が上がってるよ」

「嫌味ですか殿下」

足を向けた先では、仲間たちがわいわいと楽しそうに話をしている。背景が虫の死骸《しがい》だらけでなければ、きっと心温まる光景だろう。

昨日は鬱陶《うっとう》しいだけだったウィリアムも、それとなく輪に加わっているみたいだし、キツく接してしまった分、今日は交流しようかと思った次の瞬間。

――――視界が、真っ赤なノイズに掻き消された。

「――――…………な、に？　これ」

まるでテレビの砂嵐のような奇妙なものが視界を埋め尽くす。

何も見えない。何も聞こえない。一体、何が起こった⁉

「ジュード？　ジュード、そこにいる？」

慌てて手をふり回してみるけど、すぐ隣にいたはずのジュードに当たらない。

なんで？　戦いは終わったはずだ。【ヤツカハギ】は、ちゃんと全部倒したのに！

「ジュードどこ⁉　ねえ、何が起こったの⁉」

目の前に真っ赤なノイズがちらつく。ああ、鬱陶《うっとう》しい‼　彼の姿が見えないじゃない‼

「ジュード、返事を……っ‼」

「アンジェラ逃げて‼」

――それは、耳をつんざく轟音《ごうおん》と共に、地面を突き破った。

真っ赤な、血のようなノイズが、名前を浮かび上がらせる――【アラクネ】と。

「…………ッ、うぅ……」

自分のものとは思えないようなかすれた声が、口からこぼれた。

……一体、何が起こったのだろう。もう赤くなくなったはずの視界は濁《にご》っていて、未だ景色を捉《とら》えられない。土と、砂と――鉄錆《てつさび》の匂いがする。

「……グッ!? 痛ッ!!」

意識がはっきりしたと思った瞬間、鋭い痛みによって息ができなくなった。

なんだこれは。痛い。熱い。涙が溢《あふ》れてくる。痛い。痛い。痛い!!

「…………これ……血？」

なんとか腕を動かしてみれば、左の脇腹の辺りがべったりと濡れていた。途端に凄《すさ》まじい痛みが走り、慌てて魔力を注ぎ込んでいく。

これまで散々《さんざん》戦ってきたけど、こんなに痛いのは初めてだ。傷口は見えないが、きっと深い傷を負っている。こんなに血を流したのも初めてだろう。

（……ああ、やっと、痛くなくなった……）

私のチート魔法をもってしても十秒かかった。失った血が多すぎたのか、視界はまだ濁《にご》ったままだ。

何が起こったのだろう。どうして私は、怪我をしていたのだろう。

「…………立た、ないと」

どうやら私は体を丸めて地面に転がっていたようだ。

震える体を無理矢理動かし、腕の力だけでなんとか上半身を起こす。

「——————…………は？」

そこに広がっていたのは、土と砂の色をした地獄だった。

空に届くほど高く巻き上がる土煙と、その後ろで蠢《うごめ》いている巨大な黒い影。

そして——血を流しながら膝《ひざ》をついて呻《うめ》く、私の仲間たち。

「なんで、どうして……何があったの!?」

彼らは強かったはずだ。ゲーム中盤の強敵である【ヤツカハギ】の群れを余裕で倒していた。

それなのに、こんなところで、どうして膝《ひざ》をつくの？　どうして怪我をしているの!?

「アンジェラ？　動ける……？」

「ジュード！」

ひゅっと風が吹いたかと思えば、私の視界が少しだけ晴れる。……そこにいたのは、さっきの私よりも遥かに多い血を流しながら、曲剣《きょくけん》を構えて立つ幼馴染《おさななじみ》の姿。

せっかくもらったばかりの制服もあちこち裂けて、ボロボロになってしまっている。

「……よかった。怪我をさせてしまったから、どうしようかと……」

「貴方のほうがよほど酷《ひど》い怪我よ！　待ってて、すぐに治すから!!」

貧血とか言っている場合じゃない。恐怖と共に視界は一気にクリアになり、体の震えも止まった。昨日だって大きな怪我をさせたばかりなのに、連続でこんなに血を流させてしまうなんて！

しかし、伸ばした私の手を、ジュードはゆるやかに遠ざけた。

「僕はまだ、立てる。他の皆を先に……さすがに全員は、守れないから」

「そんな……」

私たちの会話を遮《さえぎ》るように、低い叫びが聞こえた。

「ジュード殿、避《よ》けろ!!」

慌ててジュードがかがむと、その頭上を巨大な何かが勢いよく薙《な》いでいく。……聞こえた声はディアナ様のものだったけど、今の黒いものはなんだ!?

「何……向こうに、何がいるの……？」

「……また〝蜘蛛《くも》〟だよ。さっきよりも、ずっと大きな蜘蛛《くも》がいる。怪我の浅かったディアナさんが、引きつけてくれているんだ」

かがんだ動きのままに、ジュードの姿勢が崩れた。そのたった数秒の間に、地面には血の跡がいくつもできている。……決して軽傷じゃない。早く治さなければ。

――そうしたいのに、ああ、私たちの前に黒い影が近付いてきてしまう。

「…………蜘蛛《くも》。大きな、蜘蛛《くも》」

それは、確かに蜘蛛《くも》の形をしていた。けれど、毛むくじゃらだった【ヤツカハギ】とは違う。

体表は黒く、鋼《はがね》のように硬質なそれは、〝装甲〟と呼んでもいいかもしれない。

体長十メートルを超える、蜘蛛《くも》の形をした化け物。ぎらぎらと光る複数の巨大な赤眼が、空から私たちを見据《す》えていた。

……私はこの魔物を知っている。敵ネームは【アラクネ】だ。ギリシャ語で蜘蛛《くも》を指すその名は、蜘蛛《くも》女《おんな》型モンスターとして日本でも定番だった。この世界では【ヤツカハギ】の第二進化体にして――

「…………終盤のボス魔物が、どうしてここに……」

ありえないはずの邂逅《かいこう》に、思考が止まってしまう。

今日の【ヤツカハギ】も、昨日の【誘《いざな》う影】も、ここにいるはずがないのだ。

もっと終盤の、ここではない別のステージで、もっと強くなった私たちが戦うはずの敵。

かつてプレイしたゲームではそうだった。あのゲームでは、そうだったはずだ。

私は確かに戦い、そうして勝ったのだ。何度も何度も、ゲームでは。

「――――違う」

赤い八つの目が、私を捉《とら》えた。ヤツもまた私を狙っているのだろうか。そんな設定はゲームにはなかったのに。この世界は、私の愛した、あの――

「〝ゲームじゃない〟。……ここは、私が生きている、現実なんだ」

――頬を一筋だけ、涙が伝《つた》った。大好きだった。あのゲームが大好きだから、その世界で生きられる私はきっと幸せになれると信じていた。

……けど、どこかで気付いてもいた。ゲームとは違う部分を見つける度に、『元廃人プレイヤー』としての自信と矜持《きょうじ》にひびが入るのを感じていた。

どんなに似ていても、ここはゲームではないのだ。私は生きている。そして、大きな傷を負えば死んでしまう。……復活のコマンドなんて存在しない。

(――記憶に頼りきってはダメだわ。それじゃ、ここでは生き残れない)

そもそも私は、最初から正しい『癒《いや》しの聖女様像』をぶち壊して生きてきたのだ。それでも許された時点で、ここはゲームではないとわかっていた。その上で、戦うことを望んだのだ。

「私は死にたくない……こんなところで……やられてたまるか!!」

足元に転がっていたメイスを強引にふり上げ、そのまま全力で地面を殴りつける。

「――――ッッ!!」

勢いよく上がった砂煙で敵の目をくらませたら、大急ぎでジュードを引っ張って撤退だ。

ここは最初から砂っぽかったし、先の【ヤツカハギ】との戦いで地面はボロボロだ。おまけに、この【アラクネ】も地面から出てきたのなら、地表はますます脆《もろ》くなっているだろう。ここにいては危険だ。目をくらませたとはいえ、そもそも蜘蛛《くも》はあまり目がよくないらしいしね。

「アンジェラ？　皆は……」

「全員治すから心配しないで。けど、まずは近くにいる貴方からよ。手伝ってジュード……こんなところで死にたくないの」

「……わかった」

観念して私に身を預けた彼に、全力で魔力を注いでいく。近くで見ると砂煙の中でもわかるほどに彼は傷だらけだ。よくもまあ、こんな状態で私の前に立ってくれたものだ。

「……守ってくれてありがとう、ジュード。皆を治したらすぐに隣に戻るから、待ってて」

「ん、待ってるよ。いつでも、僕の隣は君のために空けてある」

急速な魔力の減少に耐えること数十秒。【アラクネ】が砂煙を避けて現れた時には、なんとか彼の傷口は全て塞《ふさ》がっていた。

「無理はしないでね。今はなるべく逃げてよ！」

「了解っ！」

ギィン、と鋭い音を立てて、魔物の足を受け止めたジュードの剣から火花が散った。いくら彼でも昨日今日と続けて血を流しすぎている。戦わせるのは避けたいのだけど。

（……うッ！　無茶をしてるのは、私も同じか）

揺れる視界と鈍い頭痛に、魔法の使いすぎを痛感する。私の魔力量は確かにチートだが、それでも一気に使うと体には負担がかかる。もっとゆっくり治療できればなんともないのだけど、そんなことを言っている場合でもないからね。

「……ねえ、返事ができる人はいる？」

ジュードが魔物を抑えてくれているうちに、私は土煙が濃いほうへと身を隠しながら進んでいく。呼びかければ、すぐ近くからノアの声が聞こえた。

「こっちだ」

「……うわ」

急いで近寄ればノアは片膝《かたひざ》をつき、杖で身を支えながら待っていた。白い服ゆえに血がはっきりと見えるが、彼よりもその腕に抱えられた黒い塊《かたまり》……ウィリアムのほうが重傷らしい。

「俺は後でいい。ウィリアムが頭に食らっている。治せるか?」

「どっちも治すわよ。見せて!」

黒いフードをめくれば、ノアの言う通りウィリアムの頭から血が流れていた。他の外傷は浅そうだし、まずはここからね。

「……悪い。俺も回復系の魔術が使えたらよかったのだが」

「やめてよ、私の仕事がなくなっちゃうわ」

「だが、お前……強引に魔力を引き出せば、いくら保有量が多くても寿命が縮むぞ」

「……わかってるわよ」

ウィリアムの頭に掲《かか》げた手からは、鈍痛を伴《ともな》いながら魔力が吸い取られている。それでも、さっき起きた時に感じた脇腹の痛みよりはずっとマシだ。何よりも――

「ここで負けたら、寿命が縮むどころか死ぬのよ。はい、こっち終わり。貴方も見せて」

「…………そうか。そうだな」

幸いにも脳に影響はなかったようで、ウィリアムはすぐに意識を取り戻した。後はノアを回復させれば、魔術での支援が望める。足止めをしてくれている二人も楽になるはずだ。

「……よし、貴方も治療終わりよ。動ける?」

「無論だ。女のお前が命を懸けているのに、情けないところなど見せられるか」

「あら、賢者様ったら素敵」

小さく笑いをこぼせば、ノアは軽く私の頭を撫《な》でてからスッと立ち上がった。つい先ほどまで動けなかった人間とは思えないほどの機敏さで。

「ウィリアム、敵はもう一段階上の蜘蛛《くも》だ。戦えるな？」

「あの、何がなんだか……え？　もう一つ上って、まさか【アラクネ】ですか⁉」

「ウィリアムさん知ってるの？　正解よ」

「そんな‼　騎士三十人でやっと倒した記録のある魔物ですよ⁉　な、なんでそんなものが⁉」

意外にもウィリアムは魔物の情報に詳しいらしい。ちょうど自分の記憶に頼りきれないと思っていたところだ。この戦いに勝ったら、どこかのタイミングで情報交換しておくべきかもしれない。

……そう、この戦いに勝って、生き残ってから。

「恐らくその魔物だ。油断するなよ」

「そそそそんな⁉　待って下さい賢者様‼」

血で汚れたマントを翻《ひるがえ》し、ノアはウィリアムを連れて土煙の先へ向かっていく。治療したてでまだ辛いだろうに、ありがたいことだ。……私も大分キツいけど、止まるわけにはいかない。

頭痛を堪《こら》えて顔を上げれば、ダレンに肩を貸しながら歩いてきた王子様が目に入る。

主従としてはありえない光景だけど、ダレンの足を流れる血の量を見れば納得だ。

「……お二人は動けますか？」

「ギリギリ、だよ。初戦から無理をさせてすまないね」

……すぐ傍《そば》で魔物の動く音がしている。治療をするなら、急いでやってしまわないと間に合わなくなるだろう。

「まさか、こんなことになるとは想定外だ……少し慢心していたかな」

「……う、ぐッ……ごめんな、アンジェラちゃん」

「はい黙って下さいな。お礼も謝罪も文句も全部、あいつを倒してからです。エルドレッド殿下もこちらに。まとめて治療しないと、間に合わなくなりそうですから」

「……君は大丈夫なのかい？」

「大丈夫じゃなくても、やりますよ。ジュードを待たせてますし」

繰り返される魔力消費に視界が暗くなっていく。……けど、私は止まれない。せめて、あの厄介なボス魔物を片付けるまでは。止まって堪《たま》るもんですか！

（治れ、治れ――――早く、間に合って!!）

急速な魔力消費の結果、彼らの傷もなんとか治療できた。かなり深かったダレンの足の怪我もだ。

「動けるなら加勢をお願いします。私もすぐに行きますから」

「驚いた……本当に神の奇跡の力だね」

「まだちょっとキツいけど、さすがにもうサボらないよ。アンジェラちゃん、先に行ってるな」

手足の動きを確認した二人は、頷《うなず》き合ってから戦闘の音がするほうへ駆け出していく。手にはすでにそれぞれの武器を持って。……そして、何秒も待たないうちに激しい剣戟《けんげき》の音が聞こえてきた。

（……後は、ディアナ様のところへ行かなくちゃ）

軽装だらけの部隊において、ディアナ様は一人だけしっかりと鎧《よろい》を着込んでいる。ジュードも彼女は傷が浅いと言っていたし、無事だからこそずっと戦って下さっているのだろう。……だからと言って、ずっと任せっぱなしにはできない。

（最初の下からの衝撃……あの魔物が地面から出てきた時、同時に奇襲もかけたのね）

ジュードの言葉を信じていれば、もしかしたら防げたかもしれないのに。【ヤッカハギ】

を倒せたから。ゲームでは大丈夫だったから。そんな自信が、皆の怪我を招いてしまった。

「格好悪いな、私……強く、なったはずなのに」

魔法の連続使用による疲労で、体が鉛《なまり》のように重く感じる。視界がぐらぐらと揺れて、体の重心が定まらない。

――やり方はなんでもいい。私は立って、ディアナ様のもとへ行かないといけない。

それから、待たせているジュードのところにも。

「…………君は本当に、無茶ばかりするよね」

揺れた視界が定まった、と思えば、私の頭は大きな手に支えられていた。

背後から抱き締める、よく知った温もりに。

「……貴方には言われたくないわよ」

「お互い様だと思うけど？」

私が倒れないように支えながら、ジュードが穏やかに笑う。いつの間にか体が冷えていたのだろう。彼から伝わる体温がとても心地よい。

「アンジェラ、君は一人じゃないよ。一人で戦っているわけじゃないんだ。君だって疲れたら止まっていい。皆に頼っていいんだよ」

聞き慣れた低い声が耳に染みていく。

「………私は」

私は、記憶を取り戻した時から戦いたくて堪《たま》らなかった。だから、強化魔法を使えば私でも戦えることに気付いたら、実行しないわけがなかった。『殴り聖職者』……それが一人プレイを極めた戦い方であっても。

（あのゲームでも、仲間を選ぶことはできたけど、実際に動かしていたのは主人公一人だけ。プレイヤーも、私一人だけ）

私がやらないと何も動かない世界。だから私がやるのだと思って、情報とチートを手に、〝どこか上から皆を見ていた〟。――だけどここは現実で、ゲームじゃないのだ。プレイヤーの知識が全て通用するわけじゃない。私なら大丈夫、私なら強い。そんな愚かな考えが皆に、生きている人間に、怪我を負わせてしまった。

私は無敵のプレイヤーじゃない。皆の命を預かれるほど、強くもない。――だけど。

「……ごめんなさい。ちょっとだけ、休んでいい？」

「もちろん」

ジュードが私を抱き締めてくれる。少し離れた場所では、仲間たちが戦ってくれていた。プレイヤーの私がいない戦場で、ボス魔物と戦ってくれている。

（私はもうプレイヤーじゃない。……だけど私は、一人じゃなかったのね）

バカな話だ。失敗してからありがたさに気付くなんて。

「……ありがとう、ジュード。もういけるわ」

彼から体温をしっかり吸収したら、なんとか頭痛は治まってきた。元々チートな加護はあるのだ。気持ちさえ落ち着いたなら、きっと戦える。

「もう動けるの？　残念だな」

「動けるけど万全じゃないわよ。だから、支えてくれる？」

「もちろん」

ニッと笑い合って体を起こせば、視界がブレることもなかった。彼が転がしてきてくれたメイスを握れば、戦う聖女様の気合いが湧き上がってくる。

「皆、お待たせ！　私も戦うわ！　あとディアナ様はどこ？」

「おかえりアンジェラちゃん！　姐《ねえ》さんは反対側で戦ってるけど、こいつの弱点知らない!?　硬すぎて刃が通らないんだよ！」

勢いに任せて戦場へ飛び込めば、近くで戦っていたダレンから早速ヘルプが飛んできた。

「とにかく、まずは足です！　大きすぎて本体は狙えないから、体勢を崩させないと。刃物の人たちはなるべく関節を狙って！　後は魔術でお願い!!」

【ヤッカハギ】とは違い、【アラクネ】の体はとんでもなく硬いはずだ。刃物系の武器では相性が悪い。

「攻撃がくるぞ、かわせ!!」

そうこうしていれば、誰かの声とほぼ同時に大きな足が薙《な》ぎ払っていく。私たちは地面を転がって避けるが、そちらを見ると【ヤッカハギ】の死骸《しがい》が粉々《こなごな》になっていた。

「なんて破壊力……やっぱり厄介なボスね、こいつ」

「刃物での攻撃は諦めろ！　攪乱《かくらん》して時間を稼いでくれれば、俺たちが片付ける！」

注意をくれたのはノアだったらしい。ウィリアムと共に魔術の準備を続けながら、周囲に指示を飛ばしている。大型の魔物相手に、状況を見てくれる人がいるのはありがたい。

「聖女殿、この硬さなら君のメイスのほうが戦いやすいだろう。ディアナに合流して、足を減らしてくれるかい？　私たちは攪乱《かくらん》に回るよ」

「了解しました！　行きます!!」

王子様も合流したかと思えば、そのままダレンと二人で蜘蛛《くも》の注意を引き、ディアナ様への道を確保してくれている。戦いにくい刺突《しとつ》剣で道を拓《ひら》いてくれるのだから、その心遣いを無駄にはできない。

「……ッ、ディアナ様、お待たせしました!!」

暴れまわるヤツの足の音を聞きながらも、隙間を駆け抜けた私とジュードは、ようやくディアナ様のもとへ辿りついた。他の場所よりも地面はボコボコで、すっかり穴だらけになっている。

「おおアンジェラ殿、無事か！　この一本を薙《な》ぐゆえ、しばし待ってくれ!!」

「すぐに治療を…………はいっ!?」

「ぬおおおおおおッ!!」

硬い魔物相手に刃物は不利なはずなのだけど——メキメキと砕ける音を響かせながら、ディアナ様の斧は【アラクネ】の足の一本を抉《えぐ》っていた。ハンマー投げの選手のような、遠心力を利用した見事な一撃だ。

「さ、さすがですディアナ様!!　さすがすぎます!!」

「うん、もうこれ彼女ぐらい強くないと無理だね」

近くで戦っていたジュードが冷静に言った。

足を一本失った【アラクネ】に追い討ちをかけるように、ノアとウィリアムから炎の矢が飛んでくる。戦場は上を下への大騒ぎだ。

「ははっ……これがお試し討伐だなんて、信じられないね」

「理不尽な怒りは魔物にぶつけて！　今度こそディアナ様の治療をするから、援護お願い」

「ん、任されたよ！」

場は大荒れだけど、それならそれでチャンスだ。木こりのように斧を構えるディアナ様に近付き、再度魔力を手に溜めていく。

「ディアナ様、傷の治療をさせて下さい！」

「はっはっは!! 気持ちはありがたいが無傷だ!! ゆえに、その魔法は他の者に使ってやってくれ」

「むき……はっ!? マジですか!?」

私も含めて皆血だらけだったというのに、無傷ってどういうこと!? ディアナ様の肉体は、やはり鋼《はがね》でできているのか!?

「ま、ますます尊敬いたします……筋肉の女神様!!」

「ハッハッハ!! さて、治療は不要だが足を削《そ》ぐのを手伝ってくれるか？ 同時に二本落とせれば、ヤツは姿勢を保てぬはずだ！」

「わかりました！ ジュードも手伝って!!」

「もう何がなんだか……足を斬ればいいんだね!?」

よく見れば標的の足にはすでにディアナ様がつけた傷が入っている。これなら今の私の攻撃でも折れるはずだ。ジュードが手伝ってくれるなら間違いない。

「せえーのっ!!」

一本をディアナ様が、もう一本を私とジュードが、呼吸を合わせて打ちすえる。途端に、大木が崩れるようないい音を響かせながら、足が二本同時にへし折れた。

「よっし!!　今だ!!」

三本の足を失い、ついにバランスを崩した巨体が、勢いよく倒れてくる。私たちの目の前には、遠くて攻撃の届かなかった輝く目玉があった。

「……殿下！　僕を踏み台にして、あれを！」

「承《うけたまわ》った！」

察したジュードがすぐさま背中を差し出すと、そこを踏んで駆け上がった王子様が、即座にその目を貫《つらぬ》く。刺突《しとつ》に特化した剣だけあり、刃の部分を根元まで突き刺したまま、蜘蛛《くも》の目を引き裂いていく。

《────!!》

声にならない【アラクネ】の叫びが、広い戦場に響き渡る。

ゲームの時のヤツは、足を全部落として、それから本体を攻撃するのが正規の倒し方だった。目には攻撃が効かなかったはずだ。

だけど、そうか……この世界の【アラクネ】には、目への攻撃もちゃんと効くんだ。

(やっぱり、ここはゲームじゃない。前世の情報には頼りきれないわね)

寂しいような残念なような思いを感じるが、それでも喪失感《そうしつかん》はない。違うというのなら、また探っていけばいいのだ。——仲間と共に。

「ヤツが怯《ひる》んだ今が好機だ！　たたみかけろ‼」

王子様の凛々《りり》しい指示の声に、私もメイスを高く掲《かか》げて駆け出した。

＊　＊　＊

清々《すがすが》しく晴れた青空の下に、十メートルを超えるとんでもなく巨大な蜘蛛《くも》が転がっている。

並大抵の武器では傷もつけられないような強固な装甲を持ち、素早い足の攻撃で私たちを翻弄《ほんろう》した【アラクネ】は、この場には似合わなすぎるオブジェとなって佇《たたず》んでいた。

「か、勝った……‼」

思わず誰かが言うと、他の皆からもワッと明るい声が上がる。

一度は深い傷を負わされてしまったものの、それでも私たちは勝った。心を砕かれる

 こともなく、昨日会ったばかりのパーティーで、凶悪な魔物に打ち勝ったのだ。

視線を巡らせれば皆が顔に笑みを浮かべて、近くにいる人と手を叩き合ったりしている。身分や役職を気にするような様子は微塵《みじん》もない。その関係は間違いなく〝仲間〟だ。

「アンジェラ」

「ジュード、勝ったわね」

「うん。最後はもう滅茶苦茶だったけど……お疲れ様」

彼が差し出してくれた手をいつも通りに掴《つか》もうとして——うっかりバランスを崩した私の体が、そのまま地面へ向かって倒れていく。

「あ」

「アンジェラ！　危ないよもう！」

あわや地面と口づけかと思いきや、倒れる前にジュードが引っ張ってくれたようだ。ぼすんと顔を受け止めたのは胸元で、筋肉の硬さがちょっと痛い。

（あー……心臓の音が、聞こえるわ）

耳を済ませば、少しだけ速い鼓動が聞こえてくる。生きているから当たり前なのに、改めて感じる命がなんだか嬉しい。

「大丈夫？　体が辛いのなら、僕が運ぶよ」

「……じゃあ、お願いしようかな」

体を預けてしまえば、彼の体温が心地よくて、ついつい眠くなってきてしまう。温かくて動いている人たち。データじゃなくて、ちゃんと生きてる。私も彼も皆も。

「アンジェラちゃん、お疲れ様！」

「ずいぶん無理をさせてしまったね。ゆっくり休んでくれ」

「ご、ご迷惑をおかけしてすみませんでした!!　ありがとうございました!!」

「黒いのも無茶はするなよ？　……よく耐えてくれた。休むといい」

「うむ、治療と戦闘の両方をこなしたそなたの戦い、見事であったぞ！」

近付いてくる皆が、穏やかな声で私たちを労《ねぎら》ってくれる。触れる手は温かくて、弾む声が嬉しい。

――かつて世界を救ったプレイヤーの私は、最強だけど一人だった。

どんなに強い魔物を打ちのめしても、世界を何度救っても、一緒に喜べる人はいない。

何せ、一人用のゲームだったからね。

対して、今の私は最強じゃない。加護は沢山もらったし、チートな技術もあるけど、限界もある。

この世界はもうゲームじゃないけど……だからこそ、生きて、仲間を見つけた。

「……これからも、頑張って生きるね、私」

ゲームの物語や知識を、参考にはしても前提にはしない。もう慢心もしない。

私は私として、ちゃんとこの世界に足をつけて生きる。もちろん、使えそうな知識はフル活用していくけどね。

「アンジェラはこれ以上頑張らなくていいよ、もう。少しは休んで。僕にも甘えて？」

「今まさに休んでいるわよ。ふふ、ジュードは温かいなあ……」

ああ、本当に。やっと気付いた現実の温もりは、とてもとても心地よい。

私の幼馴染《おさななじみ》は、『攻略対象』ではないけど、やっぱり悔しいぐらいにイケメンだわ。

「……よし、今度こそ帰還するよ。勝利を皆に報告しよう！」

「おお‼」

高らかに響く王子様の宣言を合図に、私たちの部隊は王都へ凱旋《がいせん》していく。

――元プレイヤーによる『ゲームの物語』は、もうこの世界では語られない。

ここから始まるのは、アンジェラ・ローズヴェルトという一人の人間と、幼馴染《おさななじみ》の優しい彼。

そして、大切な仲間たちによる、生きた世界の物語だ。

番外編

EX STAGE ELDRED

華奢《きゃしゃ》な体に鞭《むち》を打って気丈にふるまっていた少女は、魔物の沈黙を確認してようやく安心したのだろう。幼馴染《おさななじみ》の腕にもたれかかり、糸が切れたようにカクリと意識を失った。

「……彼女は大丈夫かい？」

そのあまりにも静かな姿に思わず声をかければ、彼女を抱く幼馴染《おさななじみ》の彼が穏やかに微笑む。

「ええ、眠っただけですよ。エルドレッド殿下」

彼こそ一番の重傷を負っており、二日続けて酷《ひど》い戦いをしているというのに、少女を支える腕は一切の疲れを感じさせない。……きっと、その役割を誰にも譲りたくないのだろう。

「ジュード君は……大丈夫そうか。とはいえ、アンジェラちゃんを抱いたままでは馬には乗れないよな。馬車には余裕があるけど」

「あっ、じゃあ、ぼくが馬のほうに乗ります！　馬車の操縦はできませんが、乗馬なら任せて下さい。聖女様には、今日も沢山助けていただきましたからっ!!」

さりげなく空気を読んでダレンが声をかければ、それに続いてウィリアムが名乗りを上げてくれた。これで帰りも行きと同じ編成でいけそうだ。

疲れている彼らには申し訳ないけれど、後は城へ戻るだけ。戻ったら午後の仕事は一切なしにして休んでもらおう。

「……すみません。お邪魔します」

「何を言っているんだい。君たちこそ、今日の戦いの一番の功労者だ。ゆっくりしてくれ」

馬車の席を整えて空け渡せば、黒い剣士はぎこちない様子でそこに腰かける。少女の体だけは決して離さず、なるべく揺れないように気を遣いながら。

「席に座らせればいいだろう？　お前も疲れているだろうし、無理して支えずとも、この馬車は他のものほど揺れないぞ」

私と共に向かいに座ったノアが声をかけるけれど、剣士はゆるく首をふって返す。「僕が離したくないのです」と笑いながら。

……確かに、彼にぴったりとくっついている少女の寝顔は、とても安心した様子で幸せそうだ。これが十年以上一緒にすごしたという幼馴染《おさななじみ》の信頼関係なのだろう。

やがてダレンのかけ声と共に馬車が走り出す。窓の外に広がるのは、見慣れた平穏な景色ばかり。……とても先ほどまで激しい戦闘があったとは思えない。

「本当に、何から何まで予想外だったな。皆にもずいぶん負担をかけてしまって……招集者としては、詫《わ》びの言葉もない」

「気にするなエルドレッド。むしろ、あの魔物と遭遇したのが俺たちでよかった。王国の騎士団を軽んじるつもりはないが……アレの相手は無理だっただろう」

「そう、だね。正直なところ、今でも勝てたことが信じられないぐらいだ」

そっと手のひらを開けば、まだかすかに震えが残っている。あの鋼《はがね》のような硬い殻。目を突き刺した時の生々しい感触。その全てが、まだ鮮明に思い出された。

気を遣ってくれたノアも、白く美しい装《よそお》いが血と砂で汚れてぐしゃぐしゃだ。それでもなお損なわれない彼自身の気高さは、さすがだと思うけれど。

「俺たちはまあいいが……その聖女には、本当に無理を強《し》いてしまったからな。もう一人ぐらい治癒《ちゆ》を扱える人間を加えてほしいところだ」

私から少女へ視線を動かし、痛ましそうに眉をひそめたノアを見て、黒の剣士は戸惑いながら彼女を抱く腕を強める。

「……僕は魔法や魔術には詳しくないのですが、やはりアンジェラは無理をしていたの

です か？」

最前線での戦いと回復魔法を一手に担《にな》ったのだ。そりゃあ、この部隊の誰よりも彼女の負担は大きかったと思うが、『賢者』と呼ばれるノアが気にするほどのことだったのだろうか。

「そう、だな。たとえば水の入った袋があるとする。小さな穴を空けて水を出すのと、引き裂いて水を出すのとでは、袋にかかる負担は全く違うだろう？　……水が魔力、袋が使用者だ。先の戦いでは、正《まさ》しく身を裂いていたと思ってくれ」

「……ッ!?」

次いで告げられた内容に、幼馴染《おさななじみ》の彼と二人で絶句してしまった。このか細い少女に、私はそんな痛ましいことを強いてしまったのか。民を守るべき王族が、なんと情けない。

「そんなことが……」

「そいつはわかった上で俺たちを治療し、戦っていたんだ。強くて、いい女だ。人間にしておくのはもったいないぐらいだな」

「……はい。僕の自慢の幼馴染《おさななじみ》です」

呆れたような困ったような。そんな様子で息をこぼしたノアに、黒い剣士も同じような表情を浮かべて、腕の中の少女にすり寄った。

二人の出身地は、ここから遠く離れた小さな町だったはずだ。そんな場所から王都の私にまで名が聞こえてきたのだから、きっと故郷でも同じように無茶な戦いをしていたのだろう。その身を削って人々のために。――正《まさ》しく、聖女と呼ぶに相応《ふさわ》しい献身ぶりだな。

「……いや、彼女だけじゃないな。君も相当無理をしているだろう？　昨日の【誘《いざな》う影】との戦いでも、かなり出血していたと聞いている。私たちは、君たちに無茶をさせすぎだな」

彼の体へ視線を向ければ、血で変色した制服が目に飛び込んでくる。少女のことばかり気にかけているが、彼だってボロボロのはずだ。二日続けて無理をさせているのだから、愚痴の一つでも言ってくれればいいのに。

「いえ、僕は慣れていますから。この無駄に育った体も、アンジェラを守るためのものですし」

「君たちは生粋《きっすい》の聖人か何かなのかい？」

「まさか。殿下、見ておわかりでしょう？　僕は『悪魔』ですよ」

あんまりな返答につい嫌味のようなことを言ってみれば、彼はくすくすと笑いながら、言いづらいはずのことを口にした。褐色《かっしょく》の肌に、夜闇よりも暗い色の髪と目。おとぎ話に出てくる悪役さながらの容姿のことを。

「誤解なさらないで下さい、殿下。僕は貴方が思っているような優《すぐ》れた人間ではありません」

せんし、世界の平和のために身を捧《ささ》げられるような聖人でもありません」

「……それは行動と一致していないよ。昨日今日の行動を見る限り、誰よりも勇敢に戦い、被害を最小限に抑えてくれたのは君たちだ。いくら魔法で傷が癒《い》えたとしても、負傷したことには変わりないだろう？　呼び出した私を責めてもおかしくはないのに」

「昨日の一件は、壊してしまったお城の弁償ができないと思ったので、聞かれたこと以外は黙っていただけです。貴方を責めるなど考えもしませんでした」

なおも言い募《つの》れば、彼はなんてこともないように笑った。恐ろしい魔物である【誘う影】と戦わされ、酷《ひど》い負傷もしているというのに。カラッとした態度には、嘘も偽《いつわ》りも全く感じられない。

困惑する私とノアに、黒い剣士は腕の中の少女の髪を、とても優しく撫《な》でた。

「僕の目的は一つだけ。彼女の隣にいることだけです。昨日も今日もその障害を排除しただけであって、貴方がたが気に病《や》むことは何もありません」

「………お前、重いって言われないか？」

「よく言われます」

若干引いた様子のノアが私の言いたかったことを代弁してくれた。よく言われるって君、それは褒《ほ》め言葉じゃないと教えてあげたいところだけど、彼はわかった上で肯定したのだろう。

出会った時から気付いてはいたけれど、彼が彼女を見る時の目と私たちに向ける目は、明らかに別物だ。それだけ、この華奢《きゃしゃ》な少女が特別だということ。

「ノアが褒《ほ》めたばかりで聞くのもなんだけど、彼女はそんなに素晴らしい人なのかい？たった十八歳の君が、命を懸けても惜しくないと思えるほど？」

「色恋に年齢を問うのは無粋《ぶすい》ですよ、殿下。ですが、答えるなら是《ぜ》です。この身、この命はいつだって彼女のために――」

「重い」

思わず私までソレを口にしてしまった。一体どういう育ち方をすれば、その年で命を惜しまないほどの愛を捧《ささ》げられるのだろう。恋は盲目とは言うけれど、そんな生易《なまやさ》しいものではなさそうだ。

「はい、重いですよ僕。ですからエルドレッド殿下、賢者様。どうか僕たちの敵にはならないで下さい。今日、戦場で貴方がたの強さは確認いたしました。できれば敵に回したくありません」

「それは、恋敵《こいがたき》も含むのか？」

「個人的には含みたいのですが、あんまり狭量《きょうりょう》なことを言うとアンジェラが嫌がるので。でもまあ……拳《こぶし》で愛を勝ち取るのも一興ですね」

「ないから安心しろ。その女は仲間としては好ましいが、鋼鉄メイスをふり回す女を恋い慕《した》えるほど妙な趣味は持ち合わせていない」

「私も君と拳《こぶし》で語り合うのは遠慮したいかな」

ほんの一瞬、彼の黒眼にほの昏《ぐら》い感情が揺らめいたのを察して、ノアと共に首を横にふっておいた。

彼女、外見は本っ当にきれいだけどね。こんな極悪な守護者がついているのなら、きっと今後も浮いた話には縁がないだろう。

「…………ジュード？」

そうこうしていれば、ちょうど話題に上がっていた少女が眠そうに彼の名を呼んだ。

途端に昏《くら》い感情はかき消え、剣士の顔にパッと赤みがさす。あまりの変わりように、つい噴き出しそうになってしまった。

「ごめんアンジェラ、うるさかった？」

「ううん……お腹、空いて。あと、お風呂入りたい……」

「ん、そうだね。お城に戻ったら、どっちもお願いしようか」

「――うん」

恐らく寝ぼけているのだろう。とろとろとした声でそれだけ伝えると、少女は再び眠ってしまった。彼の血に汚れた服を、しっかりと握りしめて。

――ああ、全く、なんというかこの二人は。ご馳走様《ちそうさま》、と言うべきかな？

「……恋敵《こいがたき》も何も、入る隙がないいな」

「だね。空気が甘いっていうのを、私も初めて体験したよ」

よく似た感性を持っているらしい私たちは、顔を見合わせてからそろって肩をすくめる。

王都へ呼び出し、酷《ひど》い戦いに巻き込んでしまったのは私だ。そして、今日実力を知ってしまった以上、彼らを手放すことはもうできない。

それを申し訳ないとは思っているし、彼らの働きにはできる限り報《むく》いたいとも思う。

その気持ちは、これからも変わらないのだけど。

（彼らにとっては、あんまり細かいことは関係ないのかもしれない）

きっと一番大切なことは、彼が言った通り『隣にいること』だ。それを邪魔するものがいるのなら、どんな凶悪な魔物でも打ち倒すまで。

先ほどだって、彼女は今いる場所がどこなのかも、周りに私たちがいることも確認しなかった。ただ、自分を抱いているのが彼であることを確認したら、安心して眠りの世界へ戻ったのだ。汚れることも厭《いと》わず、血のしみ込んだ彼の腕の中に。

「やっぱり、二人とも招集して大正解だったね。これで一人だけを招集したりしていたら、どうなっていたことか」

「呼ばれていないのが僕のほうでしたら、勝手についてきたと思いますよ？　……もしくは、お城へ殴り込みに来たか」

「英断だったなエルドレッド。よくやった」

「うん、自分で自分を褒《ほ》めたい」

彼の実力を知った今、敵に回すなんて自殺行為だ。すかさず合いの手を入れたノアに頷《うなず》いて返せば、黒い剣士はまた楽しそうに笑った。

「……冗談ですよ。貴方がたが信用に値する方だというのは、僕もわかっています。アンジェラが認めた方々に危害は加えません」

「認められているのかな？　どうにも君たちの絆《きずな》が強すぎて、私たちなど入る余地はなさそうに見えるよ？」

「そりゃあ、僕との間に入られても困りますけど。先ほど賢者様も言っていましたが、アンジェラが身を削ってでも貴方がたの治療をしたのは、そういうことだと思いますよ」

「そうか……」

年若い乙女に身を削らせてしまったことは申し訳ないけれど、あの強敵に一丸となって立ち向かったことは事実だ。初回から酷《ひど》い戦いになって、後悔しか浮かばなかったが、そう言われるとあの巨大蜘蛛《ぐも》と見《まみ》えたのは、ある意味幸運だったのかもしれない。

「では、その信用を裏切らないように、いっそう励《はげ》んでいかなければならないね。まずはそうだな、美味《おい》しい食事と湯浴みか。どちらも用意させてはいるけれど……ふむ。聖女殿に好きな食べ物はあるかい？　嫌いな食べ物でもよいのだけど」

「いや、そういう個人的な嗜好《しこう》を攻めるのはちょっと」

「ぶふっ！」

「おいエルドレッド、こいつ面倒くさいぞ」

「恋敵《こいがたき》は嫌だと先に言ったじゃないですか」

単に頑張ってくれた彼女を労《ねぎら》いたかっただけなのだけど、間髪《かんはつ》を容《い》れずに入った制止に今度こそ噴き出してしまった。馴れ合ってくれるのかと思えば、このブレなさ加減。

ああ、彼はとても面白い人種のようだ。

「ご、ごめん。ちょっと笑いのツボに入ってしまって。私は彼女にそういう感情を持つつもりはないよ。ただ、疲れている彼女には美味《おい》しいものを食べてほしいと思っただけだ。なんなら、君の発案という体《てい》で彼女の好物を用意しようか……ジュード殿？」

「それは嬉しいです、ぜひ！」

なんとか笑いを堪《こら》えて、彼が喜びそうな提案をしてみれば、今度は即答だ。

ああ、もう。本当に私は良い人材を得ることができたらしい。戦力としても最強で、人としても楽しませてくれるなんて。人員選抜は大変だったけれど、あの時の苦労は無駄ではなかった。

「この黒いのはなんなんだ。ヒト族というのは、自分の伴侶《はんりょ》に対して皆こんな感じなのか？」

「は、伴侶《はんりょ》だなんて、賢者様！　僕たちはまだ、そういう関係では……」

「おい、エルドレッド」

「どうだろう。私も人間だけど、ここまで誰かを一途《いちず》に想えたら楽しそうだね」

ノアが他種族であることを引き合いに出したくなるほど、彼――ジュード殿は想定外の人間らしい。

うん、実にいいと思う。これからきっと長い付き合いになるのだ。顔色を窺《うかが》い合うようなうな、よそよそしい部隊では、きっと生き残れない。

いっそのこと、良しも悪しも素直に言い合えるような者のほうがいい。ちょうどそう、今の彼らのように。

「……初戦からこんなことになって不安だったけれど、この部隊うまくやっていけそうだね」

「部隊長のお前がそう思うなら、それでいいんじゃないか」

「ノアも含めて言っているんだけど？」

「俺のことを考えてくれるのなら、せめて一人はまともな女を入れてくれ。鋼鉄メイスをふり回す修道女とか、無傷で巨大蜘蛛《ぐも》の足を斬り飛ばす猛者《もさ》じゃなく」

「その辺の女性よりも遥かにきれいな顔をしているくせに、何言ってるんだい君」

「誰が女顔だ、表に出ろ」

「ちょっと中の方々ー！　皆大怪我して戦ったばっかりなんですから、安静にしてて下さいよ！　じゃないと、オレもうっかり手綱《たづな》を放り出しますからね！」

少しノアとじゃれていたら、御者席《ぎょしゃ》のダレンから諫言《かんげん》が飛んできてしまった。……ほら、良い部隊じゃないか。仮にも王族である私に、皆こんなに気楽に話しかけてくれる。

（戦場に出てしまえば、生まれも立場も関係ない。ただ、個人として信頼できるかどうかだ）

戦いの後で気が昂《たかぶ》っていることを差し引いても、気安く話し合える仲間はいい。彼らとなら、これからもきっと大丈夫だ。

「……そうとわかれば、忙しくなるな。まずは今日の蜘蛛《くも》の調査に人手を回してもらうとして。被害地域の情報を精査して、遠征の予定を組もう。公務も調整しないといけないし……」

「あの、僕たちを気に入っていただけたのは嬉しいですが、まずは食事とお風呂。それから休憩ですよ、殿下。貴方も」

「え？　――ああ、そうだね」

仕事用に切り替わった頭で今後の予定を組み直そうとしたのだけれど、かけられた低い声に思考は中断される。

……そうだな。まがりなりにも、私は招集者であり部隊長だ。責任を負うことはもちろんだけど、何より私が倒れてしまったら、皆に迷惑がかかってしまう。

せっかく最高の仲間を集められたのだ。そんなところで幻滅されるのは惜しい。

「ありがとうジュード殿。もちろん私も休ませてもらうよ」

「それはよかった。アンジェラは、誰かが無理をすることを嫌がるので」

「その言葉、そっくりそのまま本人に返したいな。一番無茶をしているのはそいつだろう」

「ええ、本当に。ですが、そういうところも可愛いですよ」

呆れた声でノアが口を出せば、ジュード殿は苦笑を返してから、そっと少女の頬を撫《な》でた。

私たちは割と大きな声で話しているのに、その瞳は閉じたまま。小さな唇からは、規則正しい寝息がすやすやとこぼれている。

……そうか、やっと戦いが終わったんだ。なら、〝これからの戦い〟なんて無粋《ぶすい》なことを考えるのは今はよそう。せっかく、最高の仲間と穏やかな休息を得たのだから。

「……うん、城につくまで時間もあることだしね。ジュード殿、君たちのことを聞かせてくれないかい？　君たちの故郷のことや、この王都へ来るまでの冒険の話を」

「え？　ただひたすらに戦い続けた、殺伐《さつばつ》とした十日間でしたよ？」

「王都までの道のりが!?　何をどうしたらそうなるんだ……」

「ね？　気になるだろう？　エイムズから報告は受けているけど、ぜひ当事者の話を聞いておきたいと思ってね！」

「ええ……？　僕、話すことはあんまり得意ではないのですが」

困惑しつつもジュード殿はゆっくりと口を開き、そこから語られたのはとんでもなく過酷だった王都までの旅の話。途中で目を覚ました少女……アンジェラ殿も加わって、馬車は賑《にぎ》わいながら町へと向かっていく。
恐ろしい戦いを乗り越えて、結ばれた絆《きずな》と共に。

書き下ろし番外編

夢見る理想よりも強く

――ある日目が覚めたら、幼い頃のディアナになっていた。

何を言っているのかと思われるかもしれないけど、私だって何が起こっているのかサッパリわからない。

アンジェラ・ローズヴェルトとして目覚めたいつかと同じように、私は記憶を保ったままで『この姿の私』になっていたのである。

(なんか、アンジェラとは全然違うわね)

見下ろした体には、肉付きのいいしっかりとした胴体と、丈夫な四肢がくっついている。白くて細くて、小枝のようにヒョロヒョロの体ではない。

鏡を覗けば、ちょっと癖《くせ》のある髪は燃えるような赤色で、ややつった瞳は深い森を彷《ほう》彿《ふつ》とさせる緑色をしている。

十年ほどかけてやっと見慣れた、外見だけはか弱い聖女の姿はそこにはなかった。

（これ、五歳ぐらいかしら？　幼女アンジェラは走ることすらままならないモヤシだったのに、すごく安定感があるわ！）

跳んだりはねたりしても息が上がらない、理想的な健康女児だ。残念ながら魔力はないようだけど、そんなものなくたってどうにでもなる。

だってこの体には、筋肉があるのだから!!

「筋肉……これこそが生命の神秘！　栄光への一番の近道!!　筋肉さえあればだいたいの問題は解決できるし、健全な筋肉にこそ健全な精神が宿るものよ!!　やっと、やっと私自身を鍛えることができるのね!!」

念願の成就に、握った拳《こぶし》を高くつき上げる。

何せアンジェラの体には、本っ当に悲しくなるほど筋肉がつかなかった。トレーニング代わりの掃除には勤《いそ》しんでいたし、ご飯もしっかり食べていたけれど、アンジェラは肉がつかない体質だったのだ。

そのため、強化魔法のフル活用で鋼鉄メイスをぶん回せるようになってからも、体は華奢《きゃしゃ》なまま。めきめきとたくましくなっていく幼馴染《おさななじみ》を眺めては、ヒョロっとした己の体とのギャップにハンカチを噛んだものよ。

「でも、ディアナなら違うわ」

鎧《よろい》をまとい、大剣を担《かつ》ぎ、屈強な男たちすらも凌駕《りょうが》するパワーこそがディアナの売り！　並みいる敵を薙《な》ぎ倒す彼女は、戦場の申し子である。

しかも、ディアナの生家トールマン伯爵一族は、騎士を多く輩出している血筋だ。領地には魔物の頻出《ひんしゅつ》帯も抱えているので、子息・子女を問わず戦える能力を高く評価してくれる傾向にある。

戦いたい私にとっては、正に天国のような出自！　本当に、どうして最初からディアナとして転生させてくれなかったのかしらね。

「何はともあれ、条件はそろったわ。さあ、見てなさい世界よ。この私が、全ての魔物に引導を渡してやろうじゃない！」

勇《いさ》ましく響き渡る声すらも、アンジェラの体とは全然違う。輝かしい未来を実感できるような力強さに、改めて神への感謝を心の中で叫ぶのだった。

——そんなわけで、思いつく限りの方法で体を鍛えてみたのだけれど。

「おかしいわ……」

鏡に映る己の姿に、どうしても首をかしげてしまう。

毎日かかさずトレーニングを続けてきたこの体は、体脂肪率十パーセント前後の理想的なアスリート体型に成長した。

身長は女性にしては高めの百七十半ば、ゆるみがちのお腹は見事なシックスパックを維持している……にもかかわらずだ。

〝これでは足りない〟と、私の中の戦闘魂が日々訴えかけてくるのである。

教会所属のアンジェラでは持てなかった剣も扱えているし、魔物退治の成果だって常に領地で一番をキープしているのに、私は一体何が不満なのだろう。自分で自分のことがわからなくて、どうにもモヤモヤしてしまう。

（ゲームの時の必殺スキルが使えないから？　いや、エフェクトが出ないだけで、似たようなことはできるようになったわ。じゃあ何が足りないんだろう）

女らしさを捨てて戦ってきた結果、色恋とは無縁の人生だったけど、今更そんなものを惜しむような乙女心は持っていない。

戦いこそ我が人生、勝利こそが我が望み。子孫繁栄は他の皆に任せると、父である現トールマン伯爵にも許可をもらっている。

（じゃあ、何が足りないの？　メイスで戦ってた記憶があるから、剣じゃなくて打撃武器を魂が欲してるとか？）

いや、それもないはずだ。メイスはもちろん、ハンマーや槍、斧といった重量武器は全部試している。マイ武器庫を持ってるぐらいだ。

(私は……)

「起きて、〝アンジェラ〟」

――その声が聞こえた瞬間、全ての謎が解けた。

「…………」

「大丈夫、アンジェラ？　まだ寝ぼけてる？」

「いや、平気……起きたわ」

豪奢《ごうしゃ》な深紅《しんく》の天蓋《てんがい》に柔らかな朝の日が差し込む。その美しい景色を背負ってこちらを覗き込むのは、見慣れた男性の姿だ。

この国では珍しい褐色《かっしょく》の肌に、真っ黒な髪と瞳を持つ幼馴染《おさななじみ》を視界にしっかりと入れて、私は深くため息をついた。

ここは魔物討伐部隊に加わるために借りている王城の客室であり、私はジュードと共に『癒《いや》しと戦いの聖女』として招かれたアンジェラのまま。

なんてことはない。全て、夢だったってことだ。

「まあそういうオチよねえ……ああ、せっかく手に入れたムキムキの体も、私の武器コレクションも全部幻だったのね……」

「また凡《おおよ》そ年頃の女の子が望まないような、愉快な夢を見てるね」

呆れたように眉を下げたジュードに、ふんと鼻を鳴らして応《こた》える。そんなの今更だ。

それに、こういう私だからこそ、今この場にいられるんだから。

(でも、夢の中でモヤモヤしていた謎は解けたわね)

私が丹精込めて育てたディアナは、確かに素晴らしい戦士だった。

きっとこの現実世界にいても、間違いなく殿下の選んだ精鋭部隊に加入したはずだ。

ジュードとも背中を預け合って戦えたことだろう。

でも私は、もっと素晴らしいディアナを知っている。

二メートルを超える巨躯《きょく》と、筋骨隆々の雄々《おお》しい体つき。誰よりも強く、勇《いさ》ましく、全ての敵を薙《な》ぎ払う世紀末覇者たる『ディアナ様』を知っているのだ。

そりゃあ、ちょっと強くてたくましいだけでは満足できるはずもない。

「それにしても、現実のディアナ様は一体どうやってあそこまでの高みに至ったのかしら？　私もできる限りの訓練はしていたのに、ゲームの女戦士止まりだったのよね。やっぱり、全身にギブスとかつけてもっと負荷をかけるべきなのか。それとも、プロテインとか生卵とか、食生活にも気をつけるべきなのか……」

「なんか真剣に変なこと考えてるし……生卵は鮮度によるけど、危ないからやめたほうがいいよアンジェラ」

策を練る私を宥《なだ》めるように、ジュードの声色が心配するものに変わっていく。

現代日本と違って、生卵をそのまま食べたらお腹を壊すのはわかってるわよ。

(それに、この体で訓練をしても効果はでないしね)

寝間着《ねまき》から覗く腕は、白くて細くてやっぱり小枝のようだ。筋肉がつきづらく、魔法による底上げのおかげでやっと戦う力を得られる聖女様の体。

今はもう慣れたとはいえ、夢の中の筋肉の万能さを思い出すと、やっぱり切なくなってくるわ。せめてもう少し厚みのある体でもよかったのに。

(でも、こんな私だからこそ得られた成果も確かにあるのだから、ないものねだりせずに頑張らないとね)

ディアナ様になることはできなくても、私なりに戦うことはできる。

「もう少し寝かせておいてあげたいところだけど、体が元気なら起きてほしいかな。もしかしたら、そのディアナさんに会えるかもよ?」

「まどろんでる場合じゃないわね！　さあジュード、とっとと部屋を出てちょうだい。

すぐに着替えちゃうから！」

「わかってたけど、君はそう言うよね……」

バッとかけ布団を蹴《け》り上げれば、幼馴染《おさななじみ》は心得たとばかりに部屋を去っていく。

夢は夢、現実は現実よ。私は脳筋聖女様。今日の世のため人のため、何より私のために魔物どもを狩り尽くさないとね！

新感覚ファンタジー
レジーナ文庫

悠々自適異世界ライフ、開幕!!

レジーナブックス Regina

とある小さな村のチートな鍛冶屋さん 1～2

夜船 紡　イラスト：みつなり都

定価：704円（10%税込）

ひょんなことから異世界に転生したメリア。忙しい生活は、もうこりごり。今世はのんびり暮らしたい。彼女のそんな願いを叶えるべく、なんと神様がいろいろなものを与えてくれた……中でも一番嬉しいのは、前世でずっと憧れていた鍛冶スキル！　最高すぎる。神様ありがとう。びば、異世界ライフ！

詳しくは公式サイトにてご確認ください
https://www.regina-books.com/

携帯サイトはこちらから！

本書は、2017年12月当社より単行本として刊行されたものに書き下ろしを加えて文庫化したものです。


この作品に対する皆様のご意見・ご感想をお待ちしております。

おハガキ・お手紙は以下の宛先にお送りください。

【宛先】

〒150-6008 東京都渋谷区恵比寿4-20-3 恵比寿ガーデンプレイスタワー 8F
（株）アルファポリス　書籍感想係

メールフォームでのご意見・ご感想は右のＱＲコードから、
あるいは以下のワードで検索をかけてください。

アルファポリス　書籍の感想　検索

ご感想はこちらから

レジーナ文庫

転生《てんせい》しました、脳筋聖女《のうきんせいじょ》です 1

香月《かづき》 航《わたる》

2022年3月20日初版発行

文庫編集－斧木悠子・森順子
編集長－倉持真理
発行者－梶本雄介
発行所－株式会社アルファポリス
〒150-6008 東京都渋谷区恵比寿4-20-3 恵比寿ガーデンプレイスタワー8階
TEL 03-6277-1601（営業）　03-6277-1602（編集）
URL https://www.alphapolis.co.jp/
発売元－株式会社星雲社（共同出版社・流通責任出版社）
〒112-0005 東京都文京区水道1-3-30
TEL 03-3868-3275
装丁・本文イラスト－わか
装丁デザイン－AFTERGLOW
（レーベルフォーマットデザイン－ansyyqdesign）
印刷－中央精版印刷株式会社

価格はカバーに表示されてあります。

落丁乱丁の場合はアルファポリスまでご連絡ください。

送料は小社負担でお取り替えします。


ISBN978-4-434-30065-3 C0193